빛은 저울로 달 수 없다

퍼펙트 크라임

1

임재도 지음

세창미디어

퍼펙트 크라임 ❶
-빛은 저울로 달 수 없다

펴낸날 | 2007년 10월 20일 초판 인쇄
2007년 11월 1일 초판 발행
지은이 | 임재도
펴낸이 | 이방원
펴낸곳 | 세창미디어
주 소 | 서울시 서대문구 냉천동 182 냉천빌딩 4층
전 화 | 723-8660 팩 스 | 720-4579
e-mail | sc1992@empal.com
http://www.scpc.co.kr
신고번호 | 제300-1998-3호

값 10,000원

잘못 만들어진 책은 바꿔 드립니다.

ISBN 978-89-5586-069-6 03810
ISBN 978-89-5586-072-6 (세 트)

퍼펙트 크라임 = Perfect crime. 1 / 임재도 지음.
— 서울 : 세창미디어, 2007
p. ; cm

ISBN 978-89-5586-069-6 03810 : ₩10000
ISBN 978-89-5586-072-6 (세 트)

813.6-KDC4
895.735-DDC21 CIP2007003194

차 례

프롤로그

먼 지평선 위로 핏빛 태양이 솟아오르고 있었다.
빛나는 갈기의 얼룩말은 지친 눈을 들어
끝없이 펼쳐진 메마른 초원을 굽어보았다.
비가 내린 때가 언제였던가.
그의 발 아래에는 어제까지만 해도 그를 따르던
일행 중의 하나가 쓰러져 있었다.
이곳까지 오는 동안,
갈증으로, 탄저병으로,
때로는 굶주린 사자의 먹이가 되어
그들은 하나 둘 차례차례 쓰러져 갔다.
이제 그 많던 일행들의 숫자는 훨씬 줄어들어 있었다.
그는 남아 있는 이들을 둘러보았다.
갈증에 지친 생기 없는 눈빛들이 그를 바라보고 있었다.
그들은 물을 찾아가고 있는 중이었다.

초원은 이제 한낮의 적막 속으로 잠겨들고 있었다.

오직 강렬한 태양만이 내리쬐고 있었다.

그는 묵묵히 태양 속을 걸어 나갔다.

이제는 그도 가끔씩 현기증을 느끼고 있었다.

어지러운 눈을 들어 앞을 내다보았다.

그러나 물이 있을 만한 곳은

초원의 어디에도 보이지 않았다.

찾아야 한다.

물은 어딘가에 있을 것이다.

반드시 있을 것이다.

그는 어금니를 깨물었다.

그의 가슴속에는 아직도 그만을 믿고 따라오는

일행들의 생에 대한 안타까운 의지로 가득 채워져 있었다.

먼 지평선 위로 핏빛 태양이 솟아오르고 있었다. 빛나는 갈기의 얼룩말은 지친 눈을 들어 끝없이 펼쳐진 메마른 초원을 굽어보았다

고 있었다. 빛나는 갈기의 얼룩말은 지친 눈을 들어 끝없이 펼쳐진 메마른 초원을 굽어보았다. 비가 내린 때가 언제였던가. 그의 발

친 눈을 들어 끝없이 펼쳐진 메마른 초원을 굽어보았다. 비가 내린 때가 언제였던가. 그의 발아래에는 어제까지만 해도 그를 따르던

친 눈을 들어 끝없이 펼쳐진 메마른 초원을 굽어보았다. 비가 내린 때가 언제였던가. 그의 발아래에는 어제까지만 해도 그를 따르던

얼룩말은 지친 눈을 들어 끝없이 펼쳐진 메마른 초원을 굽어보았다. 비가 내린 때가 언제였던가. 그의 발아래에는 어제까지만 해도

있었다. 빛나는 갈기의 얼룩말은 지친 눈을 들어 끝없이 펼쳐진 메마른 초원을 굽어보았다. 비가 내린 때가 언제였던가. 그의 발아

평선 위로 핏빛 태양이 솟아오르고 있었다. 빛나는 갈기의 얼룩말은 지친 눈을 들어 끝없이 펼쳐진 메마른 초원을 굽어보았다. 비가

의 하나가 쓰러져 있었다.먼 지평선 위로 핏빛 태양이 솟아오르고 있었다. 빛나는 갈기의 얼룩말은 지친 눈을 들어 끝없이 펼쳐진

까지만 해도 그를 따르던 일행 중의 하나가 쓰러져 있었다.먼 지평선 위로 핏빛 태양이 솟아오르고 있었다. 빛나는 갈기의 얼룩말은

제였던가. 그의 발아래에는 어제까지만 해도 그를 따르던 일행 중의 하나가 쓰러져 있었다.먼 지평선 위로 핏빛 태양이 솟아오르고

을 굽어보았다. 비가 내린 때가 언제였던가. 그의 발아래에는 어제까지만 해도 그를 따르던 일행 중의 하나가 쓰러져 있었다.먼 지

들어 끝없이 펼쳐진 메마른 초원을 굽어보았다. 비가 내린 때가 언제였던가. 그의 발아래에는 어제까지만 해도 그를 따르던 일행

갈기의 얼룩말은 지친 눈을 들어 끝없이 펼쳐진 메마른 초원을 굽어보았다. 비가 내린 때가 언제였던가. 그의 발아래에는 어제까지

아오르고 있었다. 빛나는 갈기의 얼룩말은 지친 눈을 들어 끝없이 펼쳐진 메마른 초원을 굽어보았다. 비가 내린 때가 언제였던가.

위로 핏빛 태양이 솟아오르고 있었다. 빛나는 갈기의 얼룩말은 지친 눈을 들어 끝없이 펼쳐진 메마른 초원을 굽어보았다. 비가 내린

었다.먼 지평선 위로 핏빛 태양이 솟아오르고 있었다. 빛나는 갈기의 얼룩말은 지친 눈을 들어 끝없이 펼쳐진 메마른 초원을 굽어

가 쓰러져 있었다.먼 지평선 위로 핏빛 태양이 솟아오르고 있었다. 빛나는 갈기의 얼룩말은 지친 눈을 들어 끝없이 펼쳐진 메마른

태양이 솟아오르고 있었다. 빛나는 갈기의 얼룩말은 지친 눈을 들어 끝없이 펼쳐진 메마른 초원을 굽어보았다. 비가 내린 때가 언

기의 얼룩말은 지친 눈을 들어 끝없이 펼쳐진 메마른 초원을 굽어보았다. 비가 내린 때가 언제였던가. 그의 발아래에는 어제까지만

제1부

빛과 그늘

첫 번째 정보

사건 발생 하루 전. 21:00.
국회의원 정해현의 선거사무실.

오후 여섯시에 끝난 선거는 현역 국회의원인 정해현鄭海鉉 의원의 압승으로 끝날 것 같았다. 개표가 시작되고 세 시간이 지난 아홉시 현재 정해현 의원은 가장 강력한 라이벌인 무소속의 김인환 후보를 이미 만 표 이상 앞서나가고 있었다.

국회의원 정해현의 보좌관 최경호崔敬浩는 이미 승리가 확정된 듯 선거사무실에 마련된 TV 앞에 앉아 느긋하게 개표방송을 즐기고 있었다. 사무실 안은 이미 축제분위기로 왁자지껄했다.

– 최 보좌관님, 전화 왔습니다.

최경호는 TV 앞에 마련된 안락의자에서 일어나 책상 위의 송수화기를 들었다.

– 예, 최경호입니다.

– 여기는 청와대입니다.

– 아, 예. 안녕하십니까?

그는 자신도 모르게 벌떡 일어섰다.

– 아마 정 의원의 승리가 거의 확실할 것으로 보이는데, 지금 곧 호텔 크라운 스카이라운지 커피숍으로 나와 주십시오. 정 의원에 대한 대통령님의 특별선물이 전달될 것입니다. 정 의원에게는 알리지 말고 나오세요. 깜짝 놀라게 해주어야 하지 않겠어요?

– 예, 알겠습니다.

최경호는 곧바로 호텔 크라운으로 차를 몰았다. 보도에 의하면 총선 후 곧 개각이 있을 것이라고 했다. 어쩌면 정해현 의원의 입각 내정 사실을 알려 주는 것인지도 모른다. 그러면 보좌관인 그에게도 당연히 그에 수반하는 자리 하나가 돌아올 것이다. 최경호는 두근거리는 가슴으로 호텔 크라운으로 차를 몰았다.

사건 발생 하루 전. 21:40.
호텔 크라운 지하 2층 주차장.

최경호가 차를 주차시킨 후 곧바로 엘리베이터로 가서 이십층의 버튼을 눌렀다. 그가 엘리베이터 안으로 사라졌다. 주차장에는 아무도 보이지 않았다. 주차장의 구석진 자리에 주차되어 있던 차 한 대가 서서히 움직이기 시작했다. 그 차가 방금 주차된 최경호의 차 뒤쪽으로 다가왔다. 그리고 최경호의 차 뒤 범퍼 오른쪽 모서리를 지그시 들이밀었다. 차가 다시 앞으로 나왔다. 차 안에서 어깨까지 닿을 정도로 머리카락이 자란 사내가 내렸다. 사내는 검은 안경을 끼고 있었다. 사내가 최경호의 차를 살펴보았다. 최경호의 차 뒤 범퍼가 부서져 금이 가 있었다. 사내가 다시 차를 운전하여 밖으로 나왔다. 사내가 차를 호텔의 정문 맞은편에 있는 주차장에 세웠다. 주차장에는 아무도 보이지 않았다.

사건 발생 하루 전, 21:50.
호텔 크라운 9층.

엘리베이터의 문이 열렸다. 검은 사각 서류가방을 든 장발의 사내가 내렸다. 최경호의 차를 받은 사내였다. 그 사내는 어쩐지 최경호의 모습을 닮아 있었다. 사내가 904호실로 들어갔다가 곧 나왔다. 그의 손에는 이제 서류 가방은 보이지 않았다.

사건 발생 하루 전, 22:00.
호텔 크라운 지하 2층 주차장.

– 이런 우라질 놈의 새끼! 감히 어떤 새끼가 장난질을 한 거야.

최경호가 차에 올라 욕을 해대며 머리카락을 쓸어 넘겼다. 그는 차 뒤 범퍼를 살펴보지 않았다. 그의 머리카락 또한 어깨까지 닿을 정도로 길게 자라 있었다. 최경호의 모습은 어쩐지 그의 차의 범퍼를 일부러 부셔 놓고 사라진 사내의 모습을 닮아 있었다. 차에 오른 그는 빠르게 차를 빼어 출구로 나갔다.

사건 발생 하루 전. 22:40.
국회의원 정해현의 선거사무실.

– 어떤 개새끼가 사람을 놀려….

다시 선거사무실로 돌아온 최경호가 그때까지도 분이 풀리지 않은 듯 씩씩대며 유리컵에 물을 따라 마셨다.

TV에는 여전히 개표방송이 진행되고 있었다. 그런데 최경호가 사무실을 나갈 때까지의 분위기와는 사뭇 달랐다. 정해현 의원과 김인환 후보의 표차는 오천 표 정도로 좁혀져 있었다.

사건 발생 하루 전. 23:00.
홍익문화연구소 사무처장 박형기의 집.

박형기朴炯基의 집 앞 골목에 검은색 승용차 한 대가 멈췄다. 차에서 한 사내가 내려 초인종을 눌렀다. 사내는 단정한 양복을 입고 나비넥타이를 매고 있었다. 박형기가 슬리퍼를 끌고 대문으로 나왔다. 박형기가 말했다.

– 이 늦은 시간에 어쩐 일이십니까?

– 박 처장, 지금 나와 함께 급히 가야 할 곳이 있네.

– 어디 가시는데요?

– 가보면 알게 될 걸세.

박형기가 정장을 하고 나왔다. 사내의 차의 조수석에는 축하용 꽃바구니가 실려 있었다. 박형기가 조수석에 타려고 문을 열었으나 꽃바구니 때문에 앉지 못하고 뒷자리에 탔다. 사내가 박형기에게 나비넥타이 하나를 내밀면서 말했다.

– 공식적인 자리니까, 이 넥타이로 바꿔 매게.

박형기가 여전히 의아한 표정으로 넥타이를 바꿔 매었다.

사건 발생 하루 전. 23:30.
국회의원 정해현의 선거사무실.

사무실의 분위기는 초조해지고 있었다. 김인환 후보와의 표차는 불과 이천여 표 차이로 좁혀져 있었다.

사건 발생 하루 전. 23:40.
B시 소재 불명의 어느 공중전화 부스.

공중전화 부스 앞에 차를 세운 사내가 어디론가 전화를 걸었다. 휴대전화를 두고서 왜 굳이 공중전화를 이용하는 것일까? 박형기가 의아한 표정을 짓고 있었다.

사건 발생일. 00:00.
국회의원 정해현의 선거사무실.

사무실의 분위기가 냉랭했다. 김인환 후보가 드디어 정해현 의원을 앞지르고 있었다. 그러나 아직 재역전의 가능성은 남아 있었다.

사건 발생일. 00:30.
국회의원 정해현의 선거사무실.

사무실의 분위기가 험악해져 있었다. 김인환 후보와의 표 차이가 더욱 벌어졌다. 아직 역전의 가능성이 전연 없는 것은 아니다. 그러나 기대하기 어렵다. 체념의 상태에서 모두가 허탈해 하고 있었다. 최경호가 더 이상 참지 못하고 밖으로 나갔다.

TV에 '무소속 김인환 당선 유력' 이라는 자막이 나타났다.

사건 발생일. 00:40.
호텔 크라운 지하 2층 주차장.

박형기를 태운 사내의 차가 도착했다. 사내가 조수석의 축하용 꽃바구니를 들고 내렸다. 꽃바구니에는 샴페인 병과 몇 가지의 과일이 함께 담겨 있었다. 사내가 꽃바구니를 차체 지붕 위에 올려놓고 트렁크를 열었다. 사내가 트렁크에서 꺼낸 가발을 머리에 썼다. 사내가 양복의 안쪽 호주머니에서 짙은 색깔의 안경을 꺼내 썼다. 박형기가 영문을 모르겠다는 표정을 지었다.

사내가 박형기에게 말했다.

– 박 처장, 휴대전화 좀 빌려주게.

박형기가 휴대전화를 꺼내어 사내에게 주었다. 사내가 전화를 했다. 사내는 과장된 목소리로 말했다.

– 의원님, 축하드립니다. 저희 호텔의 영광입니다. 곧 샴페인을 대령해 드리겠습니다.

통화를 마친 사내가 휴대전화를 박형기에게 돌려주었다. 박형기가 여전히 영문을 모르겠다는 표정을 다시 한 번 지었다.

– 우리는 지금 국회의원 당선축하 인사를 하러 온 것일세. 올라가서 내가 샴페인을 터뜨리면 박 처장은 옆에서 크게 축하박수를 좀 쳐 주게.

사건 발생일. 00:50.
호텔 크라운 804호실.

엘리베이터에서 내린 사내와 박형기가 804호실의 문을 두드렸다.

– 들어와.

사내와 박형기가 방안으로 들어섰다. 방안의 남자는 실내 가운만을 입은 채로 소파에 앉아 있었다. 사내가 깊숙하게 허리를 굽혔다.

– 지배인 김동욱이라고 합니다. 당선축하 샴페인을 대령해 드리라는 선거사무장님의 연락을 받고 왔습니다. 저희 호텔의 영광이옵니다. 의원님!

사내가 말했다. 박형기가 다시 한 번 영문을 모르겠다는 표정을 지었다.

– 고맙네.

– 허락하신다면 제가 샴페인을 터뜨리겠습니다.

사내가 꽃바구니에서 샴페인 병을 꺼내어 흔들면서 말했다.

– 그렇게 하게.

– 그럼 터뜨리겠습니다. 당선을 축하드립니다. 의원님.

박형기가 얼떨결에 사내가 시킨 대로 박수를 치기 시작했다. 순간 사내가 재빨리 몸을 우측으로 움직이더니 샴페인 병을 휘둘러 남자의 뒷덜미 쪽을 내리쳤다. 병이 깨짐과 동시에 폭발하듯 터지는 소리가 요란하게 방안에 울려 퍼졌다.

사건 발생일. 00:50.
같은 시간, 국회의원 정해현의 선거사무실에서 가까운 도로변의 포장마차.

소주 2병을 비운 최경호가 일어섰다.

– 얼마예요? 아줌마.

술에 취한 최경호의 혀가 꼬부라져 있었다.

– 만 원요.

– 여어기 있습니다.

최경호가 만 원짜리 한 장을 건네고는 밖으로 나갔다.

사건 발생일. 01:00.
호텔 크라운 804호실.

– 저를 알아보시겠습니까?

사내가 바닥에 누워있는 남자의 배 위에 구둣발을 올려놓고 머리에 쓴 가발과 안경을 벗으면서 말했다.

사내의 손에는 등산용 칼이 들려 있었다.

– 누, 누구야? 사, 살려줘.

잠시 의식을 잃었던 남자가 다시 정신을 차려 말했다.

– 저를 알아보시겠습니까?

사내가 다시 말했다.

– 모르겠소. 도대체 누, 누구요?

– 너무 오래되어 잘 기억을 하지 못하시는가 보군요. 그러나 잘 살펴보시면 누군지 아실 겁니다. 자, 다시 한 번 잘 살펴보시죠.

사내의 얼굴을 살피던 남자의 동공이 크게 확장되더니, 얼굴 근육이 부르르 떨렸다.

– 너, 너는 ….

– 후후, 이제야 기억이 나는가 보군요. 이제야 비로소 약속을 지키게 되어 죄송할 따름입니다.

– 야, 약속이라니?

– 벌써 잊으셨나요. 제 손으로 당신을 죽이겠다고 분명히 약속드렸는데요.

– 목숨만, 목숨만…, 사, 살려줘.

– 당선을 축하드립니다. 의원노릇은 하늘나라에 가서 하시길 바랍니다.

사내가 들고 있던 등산용 칼로 남자의 목을 깊게 그었다. 사내의 뒤에서 박형기가 덜덜 떨고 있었다. 사내가 그러한 박형기에게 피 묻은 칼을 건넸다. 박형기가 얼떨결에 칼을 받아들었다. 사내가 호주머니에서 소형카메라를 꺼내어 칼을 들고 있는 박형기의 그런 모습을 카메라에 담았다.

사내가 박형기에게 말했다.

– 박 처장은 이미 살인자가 되었어. 그래도 신고하고 싶으면 신고하게. 이 사진이 박 처장이 살인자라는 것을 증명해 줄 테니까. 그 칼 잘 보관하고 있게. 반드시 필요할 때가 있을 것이네.

사내는 박형기를 홀로 두고 먼저 방을 나섰다. 박형기는 여전히 덜덜 떨면서 그대로 서 있었다.

사건 발생일. 01:05.
국회의원 정해현의 선거사무실.

최경호가 술에 취한 얼굴로 사무실로 들어와 별도로 칸막이를 한 정해현의 방문을 열었다. 국회의원 정해현의 고함소리가 들려왔다.

– 야, 이 자식아! 어디 가서 술을 처먹고 이제 나타나는 거야? 야, 최경호! 도대체 선거운동을 어떻게 했기에 이 모양이야? 너 내 성질 알지, 지금 당장 나가서 그 김인환인가 뭔가 하는 작자를 죽여 버려. 아니면, 내 앞에 나타나지마.

최경호의 이마에 유리컵이 날아 왔다. 이마에 맞은 유리컵이 바닥에 떨어져 깨졌다. 정해현의 화 난 음성에 사무실에 있던 선거종사원들이 슬금슬금 밖으로 나가고 말았다. 최경호가 다시 밖으로 나왔다.

– 개새끼! 그게 내 잘못이야.

최경호가 복도의 쓰레기통을 발로 걷어차며 고함을 질렀다.

사건 발생일. 01:10.
호텔 크라운 904호실

방파제에 부딪히는 파도소리가 들려왔다. 열린 창문으로 습기를 머금은 해풍이 밀려왔다. 크게 심호흡을 한 사내가 창문을 닫았다. 사내가 여전히 어두운 창밖을 응시한 채로 휴대전화를 꺼내 들었다. 사내는 오른손에 휴대전화를 들고서 왼손에 든 소형녹음기로 통화내용을 녹음하고 있었다.

사건 발생일. 01:10.
같은 시간, 국회의원 정해현의 선거사무실

방문을 두드리는 노크소리가 들렸다. 여사무원이 겁에 질린 표정으로 조심스럽게 말했다.

– 의원님, 전화 왔는데요?

– 없다고 그래.

– 최 보좌관님이신데요?

정해현이 전화를 받았다.

– 최경호입니다.

– 무슨 일이야?

– 작업에 착수하겠습니다. 처치해 버리겠습니다.

정해현은 전화의 목소리가 평소 최경호의 목소리와는 다소 다르다는 느낌이 들었다.

이 자식이 또 어디서 술을 퍼마셨구나, 정해현이 속으로 생각했다.

– 그래, 자식아. 죽여 버려. 반드시 죽여 버려! 그 버러지 같은 인간, 그 인간이 나 대신 의원이 되는 것을 내가 어떻게 보고 있어. 내 자리를 빼앗아간 그 인간! 없애 버려!

– 알겠습니다.

전화를 끊었다.

– 미친놈의 자식, 어디서 술을 퍼 마시고는…. 하기야 저도 괴롭기는 마찬가지겠지. 그 버러지 같은 인간을 죽이고 싶겠지. 그래, 술이라도 마셔라. 그렇지 않고는 네놈도 돌아 버리겠지.

정해현이 자리에 털썩 주저앉으며 중얼거렸다.

사건 발생일. 01:15.
호텔 크라운 904호실.

사내가 휴대전화와 녹음기를 호주머니에 넣고는 서류 가방에서 얇은 수술용 고무장갑을 꺼내 꼈다. 그 위에 다시 하얀 면장갑을 또 포개어 꼈다. 사내가 서류가방을 들고서 방을 나섰다. 사내가 비상구 계단을 통하여 한 층을 내려가더니 804호실 앞에 멈추었다. 사내가 804호실에 이르기까지 호텔 복도에는 아무도 보이지 않았다. 사내가 노크도 없이 804호실의 문을 열고 들어갔다.

사건 발생일. 01:20.
호텔 크라운 804호실.

방안에는 TV가 켜진 채로 소리를 내고 있었다. 바닥에는 남자의 시신이 눈을 부릅뜬 채로 얼굴을 천장으로 향한 채 반듯하게 누워 있었다. 사내가 아무런 표정 없이 물끄러미 시신을 내려다보았다. 우측 쇄골부위에서 좌측 귀 쪽으로 기도를 비스듬하게 내리그어진 시신의 목에서 피가 흘러나오고 있었다. 피가 바닥의 카펫을 검붉게 물들이고 있었다.

사내가 응접용 탁자 위에 가방을 올려놓았다. 가방에서 수건에 감싼 물건 하나를 꺼냈다. 수건을 풀었다. 길이 약 이십 센티미터 정도의 자루가 달린 쇠망치가 나왔다. 사내가 망치를 들고서 시신에게로 다가갔다. 사내가 시신의 머리 옆에 쭈그려 앉았다. 왼손으로 시신의 머리카락을 잡고 상체를 일으켰다. 순간 오른손에 들린 쇠망치가 짧은 바람소리를 내며 시신의 뒤통수를 가격했다. 망치에 부딪힌 시신의 뒤통수에서 뼈가 함몰하며 깨지는 둔탁한 소리가 방안을 채웠다. 사내가 시신을 처음의 자세대로 다시 반듯하게 눕혔다. 사내가 피 묻은 쇠망치를 탁자 위에 펼쳐져 있던 수건 위에 올려놓았다. 사내가 양복 안주머니에서 편지 봉투 하나를 꺼내 그 속에서 뭔가를 꺼냈다. 사내의 왼손 엄지손가락과 집게손가락 사이에 들린 것은 작은 머리카락 한 올이었다. 사내가 다시 시신으로 다가갔다. 시신의 허리쯤에서 시신을 걸터앉는 자세로 쭈그려 앉았다. 사내가 오른손 엄지와 집게손가락으로 시신의 좌측 귀 아래의 절단 부위를 벌렸다. 사내가 봉투에서 꺼낸 머리카락을 끝이 보이지 않을 정도로 절단 부위 속으로 밀어 넣었다.

사내가 피 묻은 면장갑을 벗고 새로운 면장갑을 꼈다. 벗은 면장갑을 쇠망치와 함께 조심스럽게 수건으로 감쌌다. 가방에서 검은 비닐봉지를 꺼냈다. 쇠망치와 피 묻은 면장갑을 비닐로 감쌌다. 그것을 가방에 넣은 사내가 방문을 나섰다.

사건 발생일. 01:23.
호텔 크라운 로비.

방을 나선 사내가 천천히 호텔 복도를 걸어 나와 엘리베이터를 타고 일 층에서 내린 뒤 로비를 가로질러 나갔다.

– 안녕히 가십시오.

호텔 로비의 체크인 카운터에 있던 남자종업원이 사내에게 인사를 했다. 카운터에는 그 종업원 혼자 있었다. 사내가 가방을 들지 않은 왼손으로 엄지와 검지의 끝을 서로 붙여 만든 동그란 원을 들어 보였다. 종업원이 알았다는 표시인지 가만히 고개를 끄떡였다.

사건 발생일. 01:25.
호텔 크라운 정문 앞 주차장.

사내가 차에 올라 시동을 걸었다. 사내의 차가 서서히 주차장을 빠져 나오기 시작했다. 그러나 주차장의 공간은 사내가 운전하는 차가 곧바로 빠져 나오기에는 너무 협소했다. 차를 앞으로 전진시키고 있던 사내가 차를 잠시 멈추더니 후진시켰다. 그때 갑자기 차가 굉음을 울리며 주차되어 있는 차 한대를 뒤로 들이받았다. 사내가 다시 전진기어를 넣고는 빠른 속도로 주차장 입구로 차를 몰아갔다. 그때 주차장 입구의 경비실에 있던 경비원이 뛰어나와 차도를 막아섰다. 사내가 운전하는 차가 경비원의 앞에서 급정거를 하면서 멈춰 섰다. 사내가 어쩔 수 없다는 듯 차에서 내렸다.

– 이 양반아, 너무(남의) 차를 박아 놓고 그냥 도망갈라카마 우짜겠단 말이고?

경비원이 짙은 경상도 사투리로 사내를 몰아 세웠다.

– 도망가긴 누가 도망간다고 그래요?

사내가 말했다. 그때 호텔 로비의 카운터에 있던 종업원이 달려 나왔다. 조금 전 사내가 손가락으로 원을 그려 신호를 보냈던 사람이었다.

– 무슨 일이에요?

– 아, 글씨, 이 양반이 너무 차를 박아놓고 도망갈라 안 카나. 얼른 경찰 불러라 마.

종업원이 가세하자 경비원이 더욱 기세등등하게 소리쳤다.

– 아, 그러실 것 없어요. 나는 이런 사람이니까, 내일 차의 주인에게 연락하면 변상하도록 하겠어요.

사내가 지갑을 꺼내 명함 한 장을 뽑아 종업원에게 내밀었다. 사내의 명함을 받아 든 종업원이 명함을 보고는 이내 공손해졌다.

– 아, 알겠습니다. 어, 이 차도 펌프 오른쪽이 부서진 것 같은데, 괜찮으시겠어요?

종업원이 사고를 낸 사내의 차 뒤 범퍼를 보고 말했다.

– 괜찮아요. 자, 경찰을 부를 것까지는 없고…. 내 차 번호를 적고 나중에 사무실로 연락하면 모두다 변상조치 할 테니까 소란 떨 건 없어요.

– 알겠습니다.

종업원이 사내가 준 명함에 차번호를 적으면서 공손한 태도로 말했다.

– 자, 이걸로 내일 아침 해장이나 하세요.

사내가 지갑에서 만 원짜리 지폐 몇 장을 경비원에게 건네주며 말했다.

– 뭐, 이러실 것까지야.

갑작스럽게 공손해지는 종업원의 태도에 영문을 몰라 하던 경비원이 사내가 내미는 지폐를 받으면서 말했다. 종업원과 경비원을 무마시킨 사내가 다시 차에 올라 시동을 걸었다. 사내의 차가 주차장을 빠져나갔다. 호텔로 들어오는 외진 해안도로를 따라 어둠 속으로 사라지는 차의 뒷모습을 보면서 나이든 경비원이 종업원에게 말했다.

– 도대체 뭐하는 사람인데?

– 국회의원 보좌관이라고 되어 있네요.

종업원이 사내가 준 명함을 보면서 말했다.

사건 발생일. 01:45.
호텔 크라운에서 시내로 들어가는 해안도로변 공터.

호텔에서 나와 꾸불꾸불한 해안도로를 따라 한참을 나아가던 사내의 차가 도로변의 조그만 공터에 멈추었다. 사내가 차에서 내렸다. 사내가 서 있는 도로 언덕 아래에서 바위에 부딪히는 파도소리가 들려왔다.

사내는 호주머니에서 휴대전화와 녹음기를 꺼내어 전화 내용을 녹음하면서 전화를 했다.

– 나, 경호다. 씨팔. 그래 내가 니 시키는 대로 김인환의 목을 따 놓았다. 이제 속이 시원하냐? 씨팔.

술에 취해 횡설수설하는 변조된 목소리였다. 통화를 끝낸 사내가 다시 전화를 했다.

– 첫 번째 정보, 호텔 크라운 804호.

이제는 사내의 음성은 탁하게 들렸다.

통화를 마친 사내가 트렁크를 열고는 자동차 번호판을 꺼냈다. 사내가 빠른 솜씨로 차에 부착된 번호판을 떼어내고 트렁크에서 꺼낸 다른 번호판을 달았다. 사내가 다시 차에 올라 시동을 걸었다. 사내의 차가 꾸불꾸불한 해안도로를 따라 나아가기 시작했다. 사내의 차는 이내 어둠 속에 잠겨 보이지 않았다. 사내의 차가 지나간 해안도로 아래의 바다 위로 졸음에 겨운 별빛이 쓰러지고 있었다.

특 종

사건 발생일. 01:45.
같은 시간, 국회의원 정해현의 선거사무실

– 의원님, 전화 왔는데요?

아직도 겁을 먹고 있는 여직원이 정해현의 눈치를 살피며 조심스럽게 방문을 두드리며 말했다.

의자에 앉은 채로 꾸벅꾸벅 졸고 있던 정해현이 전화를 받았다.

– 나, 경호다. 씨팔. 그래 내가 니 시키는 대로 김인환의 목을 따 놓았다. 이제 속이 시원하냐? 씨팔.

자식이 술에 취해도 단단히 취했구나. 지금쯤 수많은 지지자와 보도진들에 둘러싸여 있을 김인환을 네놈이 무슨 재주로 죽인단 말인가. 패배로 인하여 모두가 망연자실해 있는 판에 제일 가까운 보좌관이라는 자식이 혼자 사무실을 나가 술이나 퍼 마시고 있다니…. 정해현은 횡설수설하고 있는 최경호가 제정신이 아니라고 판단했다.

– 그래? 김인환의 목줄을 끊었다는 말이지. 정말, 수고하셨소. 최 보좌관님, 정말 장한 일을 했소.

정해현은 빈정대며 최경호에게 쏘아붙이고는 송수화기를 쾅 소리가 나도록 거칠게 내려놓았다.

사건 발생일. 01:48.
21C 평화통일연구소.

국제빌딩 3층에 있는 '21C평화통일연구소'는 B시 갑지구 무소속 김인환 후보의 선거대책사무실이다. B시 K고등학교에서 진행되고 있는 개표방송을 취재하고 있던 KNB방송 보도국의 정시영鄭始永 기자는 당선자와의 인터뷰를 위하여 방금 이곳에 도착하여 김인환을 찾고 있었다. 그러나 당선된 김인환 후보는 아직 사무실에 나타나지 않고 있었다.

김인환 후보는 투표가 마감된 저녁 여섯시가 조금 지나 그 동안의 선거유세로 누적된 피로를 풀기 위해 잠시 눈을 붙이고 오겠다며 선거사무장에게만 행선지를 알리고는 사무실을 나간 이후 연락이 되지 않는다는 것이었다.

승리로 인한 왁자지껄한 축제분위기 속에서 선거사무장이 전화기를 붙들고 고함치듯 큰소리로 외치고 있었다.

– 아니, 전화를 받지 않는다는 말이지? 그럼 언제 나갔는지도 모

르고?

– ….

– 뭐라고? 체크아웃한 사람은 아무도 없었다고?

– ….

– 이게 도대체 어떻게 된 노릇이야?

그때 정시영 기자의 휴대전화에 음성메시지가 왔음을 알리는 알람 표시가 들어왔다. 정시영 기자가 폴더를 열었다.

– 첫 번째 정보, 호텔 크라운 804호.

탁한 남자의 음성이었다. 정시영 기자가 선거사무장의 '체크아웃'이라는 말에 문득 이상한 예감이 들어 그에게 다가가 물었다.

– 혹시 김 후보가 간 곳이 호텔 크라운 804호실 아닙니까?

– 아니, 정 기자님이 그걸 어떻게…?

순간 정시영 기자의 머릿속에 한 생각이 섬광처럼 떠올랐다. 김인환 후보에게 무슨 일이 발생한 것이 틀림없다. 그것은 특종을 좇는 기자의 본능과도 같은 것이었다.

– 갑시다.

정시영 기자가 카메라맨의 팔을 끌고 사무실을 나서 곧바로 차에 올랐다. 선거사무장도 따라 나왔다.

정시영 기자는 거의 신호를 무시하고 호텔 크라운으로 차를 몰았다. 선거사무장이 영문도 모른 채 차에 탔다가 거칠게 차를 몰아가는 정시영 기자의 태도가 심상치 않음을 느꼈는지 걱정스럽게 물었다.

– 후보님께서 호텔에 계신다는 것은 나만 알고 있는데, 정 기자님이

어떻게 압니까?

– 그건 나중에 말씀드리기로 하고, 어쨌든 김 후보의 신상에 어떤 일이 생긴 것만은 분명한 것 같아요.

정시영 기자가 긴장된 표정으로 차를 운전하면서 앞을 응시한 채 대답했다. 정시영 기자가 휴대전화를 꺼냈다.

– 호텔 크라운이죠? 여기는 B시 경찰청인데요. 804호에 투숙한 사람의 신상명세를 알 수 있나요?

– 숙박부에는 김현욱이라는 사람으로 등재되어 있는데요.

– 그 사람이 체크아웃 한 것은 아니죠?

– 예.

– 알았어요. 지금 경찰이 곧 호텔에 도착할 테니까 804호실에 아무도 접근하지 않도록 해주세요. 호텔에서도 804호실의 문을 열어서는 안 됩니다. 아주 중요한 일입니다. 경찰이 도착하기 전에 804호실의 문을 열거나 다른 사람이 접근하는 것을 막아주세요. 알겠지요?

전화를 마친 정시영 기자가 맹렬한 속도로 차를 몰아가면서 다시 어딘가로 전화를 걸었다. 정시영 기자의 차는 어느덧 시내를 벗어나 호텔 크라운이 위치한 해변 도로를 질주하고 있었다.

사건 발생일. 02:00.
B시 중부경찰서 소속 강력계 박경일 경위의 아파트.

아내와의 관계를 막 끝낸 박경일朴慶日 경위는 쏟아지는 잠 속으로 빠져들고 있었다. 그때 그의 머리맡에 놓인 휴대전화가 울렸다. 팔을 뻗어 폴더를 열었다. 귀에 익은 목소리가 들렸다. 목소리는 흥분되어 있었다.

– 나야. 시영이야. 거두절미하고 지금 곧 호텔 크라운 804호로 와 줘야겠어. 긴급상황이야!

– 이 친구야! 잠자는 사람에게 갑자기 무슨 뚱딴지 소리를 하고 있어?

– 농담이 아냐! 김인환 후보의 신변에 무슨 일이 생긴 것 같아. 나도 지금 호텔 크라운으로 가고 있는 중인데, 그리로 급히 좀 나와 줘야겠어.

순간 박경일 경위는 화들짝 놀라 일어났다. 강력 사건이 발생할 때마다 항상 느끼는 팽팽한 긴장감과 전율이었다.

박경일 경위가 일어나 서둘러 옷을 입고 어디론가 전화를 하면서 아파트를 뛰쳐나왔다.

– 최 경위, 비상이야! 출동!

박경일 경위가 차에 올랐다. 차가 새벽의 어둠 속을 맹렬한 속도로 나아가기 시작했다.

사건 발생일. 02:10.
호텔 크라운 804호실.

– 사무장님께서는 여기에서 경찰을 기다렸다가 함께 와 주세요.

함께 온 선거사무장을 호텔 로비에서 기다리게 한 후, 정시영 기자가 보조키를 가진 호텔 종업원과 함께 804호실로 올라가 문을 두드렸다. 안에서는 아무 응답이 없었다. 정시영 기자가 종업원으로부터 열쇠를 받아 문을 열고 방안으로 들어섰다. 방안의 거실 바닥에 남자가 쓰러져 있었다. 선거벽보에서 본 낯익은 얼굴이었다. 방안에 켜져 있는 TV에서는 여전히 선거의 개표방송이 진행되고 있었다. 정시영 기자와 함께 온 카메라맨이 방안의 모습을 카메라에 담기 시작했다.

사건 발생일. 02:15
호텔 크라운 804호실

방안에 켜져 있던 TV 화면에 자막과 함께 김인환 후보의 피살소식을 긴급속보로 전하는 정시영 기자의 모습이 나타났다.

– 긴급속보입니다. B시 갑구에서 무소속으로 출마하여 예상을 뒤엎고 당선된 김인환 후보가 호텔 크라운 804호실에서 피살된 시체로 발견되었습니다. 지금 보이는 화면은 피살된 당선자가 발견된 호텔 크라운 804호실의 실내전경입니다. 당선자와의 인터뷰를 위해 호텔 크라운에 도착한 본 기자에 의해 최초로 발견된 김인환 당선자의 목에 자상이 있는 것으로 보아 당선자는 피살된 것으로 보입니다.

사건 발생일. 02:15.
같은 시간, 국회의원 정해현의 사무실.

비록 패배하였지만 정신을 차려야 했다. 선거종사자들과 지지자들에게는 패배에 연연하지 않는 대범함을 보여 주어야 했다. 그가 최경호를 대하는 것과 같은 막말을 해대는 사람이란 것을 선거 종사자들이나 지지자들이 알게 해서는 안 되는 것이다. 유권자들이나, 지지자들 앞에서 그는 항상 근엄하면서도 소탈하며 겸손한 존재가 되어야 하는 것이다.

정해현이 경험한 바로는 유권자들이 그에 대한 존경심을 가지도록 해야 하는 것이 정치가의 첫 번째 자질이었다. 속이 쓰라렸지만, 정해현은 전혀 내색하지 않는 표정으로 선거종사자들과 지지자들이 운집해 있는 사무실로 나갔다. 패배에도 불구하고 아직도 사무실에 남아 있던 지지자들이 그의 이름을 연호하며 박수를 보냈다. 정해현은 허리를 숙이며 지지자들의 환호에 답하는 인사를 했다.

– 여러분들의 기대에 부응하지 못한 데 대하여 정말 죄송합니다. 저의 패배에도 불구하고 이렇게 열렬히 지지를 해주시는 여러분들의 성원을 결코 잊지 않을 것입니다.

– 어머! 저것 보세요.

정해현의 인사말에도 불구하고 지지자들의 뒤쪽에서 여전히 개표방송을 보고 있던 누군가가 소리쳤다. 사무실에 있던 모든 사람들의 시선이 TV로 향했다.

– 긴급속보입니다. B시 갑구에서 무소속으로 출마하여 예상을 뒤엎고 당선된 김인환 후보가 호텔 크라운 804호실에서 피살된 시체로 발견되었습니다. 지금 보이는 화면은….

이럴 수가! 순간 정해현은 머리를 둔기로 얻어맞은 것처럼 아무런 생각을 할 수가 없었다. 어떻게 이런 일이 발생할 수 있단 말인가.

조금 전 최경호가 그에게 전화를 걸어 술 취한 목소리로 김인환의 목줄을 따놓았다는 말을 하지 않았는가. 그렇다면 최경호가 한 말은 사실이란 말인가. 그놈이 그냥 술에 취해 주절댄 취중 언행이 아니었다는 말인가. 그가 패배감을 이기지 못해 홧김에 김인환을 죽여 버리라고 한 말을 최경호는 사실로 받아들였다는 말인가.

김인환이 살해되었다니!

정해현은 사무실에 운집한 많은 사람들 사이에서 최경호를 찾아냈다. 최경호도 TV를 보고 있었다. 최경호의 눈은 충혈되어 있었고, 얼굴이며 목이 붉게 물든 것은 그가 술을 마신 사실을 말해 주고 있었다.

정해현은 최경호가 사무실을 나간 시간을 헤아려 보았다. 김인환이 피살된 장소가 호텔 크라운이라면, 그가 사무실을 나간 후 호텔에 가서 김인환을 살해하고 다시 사무실로 돌아올 시간은 충분했다.

그런 생각을 하며 최경호의 얼굴을 보는 순간, 정해현은 갑자기 등줄기로 찬 기운을 쓸어내렸다. 적의와 살의에 번쩍이는 최경호의 충혈된 눈이 TV를 응시하고 있었다.

사건 발생일. 02:20.
호텔 크라운 804호실

– 현장을 보존해. 모두 밖으로 나가요.

박경일 경위가 방안으로 들이닥치며 외쳤다. 같은 B시 중부경찰서 소속 최수환崔守煥 경위가 정시영 기자와 카메라맨을 방 밖으로 밀어내었다. TV 화면에 호텔 크라운 804호실의 실내 전경이 다시 한 번 비쳐지고 있었다.

사건 발생일. 03:00.
국회의원 정해현의 선거사무실.

패배에 망연자실해 있던 사무실이 분주하게 움직이기 시작했다. 특히 당선이 확정된 후보가 임기를 개시하기 전 피살된 경우나, 다른 이유로 사망한 경우, 선거 결과가 어떻게 되느냐는 법적인 문제가 대두되었다. 이 문제에 대하여 매스컴이 법률전문가와의 인터뷰를 통하여 여러 갈래로 보도를 하고 있었다.

보도된 내용에 따르면 김인환이 피살된 시점은 선거가 있은 날의 자정경이라고 했다. 이 경우에는 그 국회의원지역구는 당선인이 없는 것에 해당한다는 것이었다. 따라서 결국 B시 갑구에서는 90일 이내에 재선거를 실시하여야 한다는 요지였다.

사무실은 마치 정해현이 당선이라도 된 것처럼 축제분위기로 변했다. 비록 90일 이내에 재선거를 치러야 하는 일이 남아 있었지만, 강력한 라이벌인 김인환이 없는 마당에 정해현에 맞설 수 있는 다른 후보자가 없었다. 따라서 사실상 정해현은 이미 당선된 것이나 다름없었다.

정해현 자신은 얼마나 운이 좋은 사람인가. 그리고 이러한 운이 좋은 사람의 보좌관인 최경호 또한 얼마나 운이 좋은 사람인가. 정해현의 당선은 최경호에게도 장밋빛 미래를 보장하는 것이었다. 피살된 김인환에 대한 애도의 감정은 눈곱만치도 일어나지 않았다. 오히려 김인환을 살해한 사람이 누구인지는 몰라도 그 살인자가 고마워 눈물이 날 지경이었다.

최경호는 각 방송사에 정해현의 기자회견 사실을 통보했다.

사건 발생일. 06:00.
국회의원 정해현의 선거사무실

정해현이 근엄한 목소리로 기자회견을 하고 있었다.

– 먼저 상대 후보로서 김인환 당선자의 피살에 대한 심경을 피력하여 주시기 바랍니다.

– 고인은 정말 훌륭한 분이었습니다. 그리고 그분과 함께 치른 이번의 선거는 어느 선거보다도 공정하고 훌륭한 선거였습니다. 그분의 불행에 대하여 저는 진심으로 깊은 애도를 표합니다. 오늘 우리는 사회적 약자의 권익을 신장시키기 위하여 일생을 보낸 훌륭한 인권변호사 한 분을 잃었습니다. 저는 그분을 앗아간 폭력에 대하여, 그분의 생명을 앗아간 만행에 대하여 철저한 법의 응징을 촉구합니다. 이 사회에서 어떠한 방식의 폭력도 저는 거부합니다. 폭력은 이 사회에서 영원히 추방되어야 합니다. 가족을 잃은 유족들에게 저의 가슴에서 우러나오는 깊은 애도를 드리며, 삼가 고인의 명복을 빕니다.

– 당선자의 예기치 않은 죽음으로 말미암아 조만간 재선거가 있을 것으로 보이는데요? 여기에 다시 출마를 하실 건지 말씀해 주시기 바랍니다.

– 그러한 질문은 지금 이 시점에서 적절하지 않은 것 같습니다. 김인환 후보는 결코 용서받지 못할 만행에 의하여 생명을 잃었습니다. 우리는 지금 비통한 심정으로 김 후보의 불행을 지켜보고 있습니다.

그분의 불행이 있은 지 얼마 되지도 않은 지금 이 시점에서 우리가 벌써 재선거를 논하는 것은 그분에게 대단히 실례가 되는 일로 여겨집니다. 저의 재선거 출마 여부는 이러한 불행한 사태에 대한 수습이 끝난 시점에 가서야 결정될 것입니다. 지금 이 시점에서는 오직 고인의 명복을 비는 저의 간절한 마음이 있을 뿐입니다.

사건 발생일. 08:00.
B시 중부경찰서 수사과 강력계.

김인환 당선자의 살해 현장에 최초로 임한 박경일 경위의 사건 발생 보고서

중 부 경 찰 서

제　호　×××× 제××호
수　신　중부경찰서장
참　조　수사과장
제　목　사건(강력)발생보고

본 관내에서 발생한 강력(살인)사건에 대하여 다음과 같이 보고합니다.

다　　음

1. 피살자의 인적 사항

성　　명	김 인 환
생 년 월 일	19××. ×. ×.생
주민등록번호	×××××× - 1×××××××
본　　적	충남 ○○군 ○○면 ○○리 456
주　　거	B시 ○○구 ○○동 H아파트 507동 705호
직　　업	변호사(국회의원 당선확정자)

2. 인지경위

KNB방송 정시영 기자의 제보를 받은 본직이 02:20경 호텔 크라운 804호실에 임한바, 위 피살자의 사건을 인지함. 위 정시영 기자는 금번 실시된 국회의원 선거에서 당선된 피살자와의 인터뷰를 위하여 위 호텔에 오게 되었다고 함.

3. 현장의 상태

피살자는 붉은 카펫이 깔린 방실의 바닥에 반듯하게 누워 있는 모습으로 피살되어 있었음. 피살자의 옷은 호텔에서 제공된 가운 외에 다른 옷은 입고 있지 않은 상태에 있었고, 바닥은 피살자가 흘린 피로 물들어 있었음. 피살자가 흘린 피 위에 깨진 유리병 조각이 산재되어 있는 외에 다른 유류품은 없었음. 피살자의 목에는 우측 쇄골부위에서 시작하여 좌측 귀 아래 부분까지 길이 15센치미터 정도의 자상이 있고, 좌측 후두부 부분에 직경 3cm 정도의 원형의 상처가 있으나, 어떤 도구에 의하여 생성된 상처인가는 분명하지 않음(이상 상세한 현장의 상태는 첨부한 현장 사진 및 현장 도면을 참고하시기 바라며, 현장의 상태에 대하여 정밀검증을 실시하고 있음).

4. 인지자

수사과 강력계 경위 박경일

5. 기타

지시에 따라 사체에 대한 부검을 의뢰할 예정이고, 기타 피의자 등 수사에 대하여는 이 사건에 대한 수사본부의 지시에 따르고자 함.

6. 이상과 같이 보고합니다.

탐 문

국회의원 당선자의 피살이라는 여론에 민감한 사안에 맞추어 특별수사본부가 구성되었다. 이 수사는 여느 수사와는 달리 B지방검찰청 특수부의 김용훈金龍勳 검사가 직접 지휘하기로 하였다.

김용훈 검사가 주재한 특별수사본부의 수사회의에서 사건은 다양한 각도에서 검토되었다.

우선 살해현장이 호텔의 8층으로서 출입문을 통하지 않고는 침입이 용이하지 않았다. 이로 미루어 범인은 결국 출입문을 통하여 침입했을 것이라는 점이었다. 그런데도 출입문의 파손이나 다른 침입의 흔적이 없는 점에 비추어 범인은 피살자의 허락을 얻어 살해현장에 들어왔을 것으로 추정할 수 있었다.

시신에는 피살자를 죽음에 이르게 한 직접적인 원인으로 보이는 목의 자상과 후두부 함몰 외에 다른 상처는 없었다. 이것은 곧 피살자가 범인의 공격에 어떠한 반항의 여지도 없이 순식간에 공격을 당한 것이고, 이것은 피살자가 살해당하는 순간까지도 범인의 공격을 전혀 예측하지 못하고 있었다는 사실을 말해 주고 있었다. 따라서 이와 같은 살해 당시의 정황을 보면 범인이 피살자와 서로 교제가 있었던 사람이거나 피살자의 주변 인물일 가능성이 높았다.

이와 관련한 당선자의 주변 인물들에 대한 수사는 최수환 경위가 전담하기로 했다.

다음으로 피살자의 직업이 변호사라는 점에 비추어 직업상의 변호업무를 수행하는 과정에서 원한을 갖게 되었거나 앙심을 품게 된 자의 소행일 가능성이 검토되었다.

이 부분에 대해서는 특히 피살자가 변호사로 활동하는 동안에 누군가의 형사 사건을 수임하여 변호를 하였으나 그 결과가 좋지 못했던 사건 당사자에 대하여 집중적인 수사를 하는 것으로 방향이 설정되었다.

이 부분에 대하여는 박경일 경위가 수사를 맡기로 하였다.

다음으로 피살자가 국회의원 당선자라는 신분에 비추어 피살자와 정치적 대립관계에 있는 정적의 소행일 수도 있다는 점이 검토되었다. 이 사건이 단순 절도범 등에 의한 우발적인 범행이라면 피살자가 반항하거나 이를 저지하는 과정에서 살해현장의 상태가 어질러져 있을 법도 했다. 그러나 살해현장의 상태는 질서정연하게 정돈되어 있었고,

또한 피살자의 지갑이나 소지품 등이 그대로 있는 점에 비추어 이 사건은 오히려 의도된 계획적인 살인일 가능성이 농후했다.

또한 피살자의 우측 쇄골 부위에서 좌측 귀 아래 부분까지 기도를 절단하면서 나 있는 자상은 칼을 익숙하게 사용할 수 있는 자의 숙련된 솜씨로 보였다. 이 점은 이 살인이 누군가의 청부에 의한 전문가의 살인이 아닌가 하는 추측이 가능했다. 누군가의 청부에 의한 살인이라면 청부를 할 수 있는 자는 최소한 어느 정도의 부를 가진 재력가이거나 피살자와 정치적 대립관계에 있는 권력자일 가능성이 있었다. 그래서 과거 피살자와 경쟁관계에 있었던 사람 또는 정치적 대립관계에 있었던 사람들에 대한 조사가 필요하다는 결론에 도달했고, 이 부분에 대한 수사도 박경일 경위가 맡게 되었다.

다음으로 피살자의 방에 우연히 침입한 단순 절도범 등의 우발적인 범행일 가능성이 검토되었다. 그러나 살해현장의 위와 같은 정황에 비추어 이 부분은 그다지 신빙성이 없어 보였다. 이와 같은 점 때문에 이 부분에 대하여 따로 전담반을 배치하지 않았다. 그러나 이러한 가능성을 전연 배제시킬 수는 없었고, 수사팀은 모든 가능성을 염두에 두고 수사에 착수할 것을 지시받았다.

수사본부를 나온 박경일 경위는 가슴이 답답해지는 것을 느꼈다. 우선 수사의 단서가 될 만한 어떠한 것도 발견되지 않았다는 점이 그를 답답하게 만들었다.

현장의 상태로 미루어 보아 살해현장에 피살자의 지문 외에 살인자의 것으로 보이는 다른 지문이 발견된다는 것도 기대할 수 없었다. 그렇다고 수사본부 회의에서 거론된 바와 같이 이 범행이 누군가의 청부에 의한 계획된 살인이라면 이것은 곧 수사에서 엄청난 외압이 있을 것이라는 것을 의미했다. 피살자와 정치적인 대립관계에 있는 사람, 소위 피살자의 정적으로 거론되는 사람은 우선 여당의 촉망받는 정치가로 거론되는 현직 국회의원이 아닌가. 비록 이번의 선거에서 패배하였지만 피살자의 죽음으로 인하여 그가 다시 국회의원이 될 가능성은 충분한 것이고, 어떠한 증거도 없이 단지 그가 피살자와 함께 출마한 대립관계에 있다는 사실만으로 현직 국회의원을 조사할 수는 없는 노릇이었다. 설사 어떠한 증거를 가지고 있더라도 현직 국회의원을 조사한다는 것이 어디 쉬운 일인가. 앞으로 가해질 외압과 회유를 어떻게 견뎌 낼 것인가.

그가 답답한 가슴을 안고 사무실에 돌아와 자리에 앉는 순간 기다렸다는 듯이 전화벨이 울렸다.

– 뭐 새롭게 밝혀진 사실은 없는 거야? 수사는 어떻게 진행하기로 했어?

정시영 기자였다. 그의 목소리는 그때까지도 흥분으로 들떠 있었다. 사건의 현장에서 다른 방송사를 배제하고 단독으로 생생한 살해현장을 취재한 그가 기자라는 직업 세계에서 특종 중의 특종을 잡았다는 것은 틀림없는 사실이었다.

하지만 이미 사건 발생 보고서를 작성하였지만 사전 보고도 없이 현장에 임했던 경위에 대해 추가보고서를 작성해야 할 그에게는 정시영 기자의 목소리가 그리 달갑지만은 않았다.

– 집어치워! 참, 그런데 넌 어떻게 알고 내게 전화를 했던 거야?

신경민辛景珉은 서둘러 호텔 주차장으로 가고 있었다. 신경민은 어젯밤 그와 함께 사고를 목격한 주차장 경비원에게 무슨 은밀한 지령이라도 전달하는 것처럼 단단히 다짐을 주고 있었다.

– 아저씨, 약속 잊지 마세요. 제 말대로만 하면 아저씨도 한몫 잡게 될지 어떻게 알아요?

– 글씨 마, 알았다카이, 내가 마 입이 그렇게 헤픈 사람이 아인기라.

– 아저씨가 함부로 경찰에 발설하면 저나 아저씨나 모두 몸이 성치 못하게 돼요. 명심하세요.

신경민은 마치 자신의 배후에 국회의원이 있는 것처럼 경비원에게 은근히 겁을 주는 것을 잊지 않았다.

– 와, 무신 일이 있기라도 한 모양이제? 내싸 마 그것을 본 적도 없다 아이가? 내가 마 보지도 않은 일을 우째 말하겠노? 걱정일랑 마 하지도 말거래이.

경비원이 나이답지 않게 영악한 눈을 굴리면서 말했다.

– 아저씨가 발설을 하는 날에는 정말 큰일이 나요.

신경민은 경비원에게 다시 한 번 겁을 주고는 호텔 로비로 돌아왔다. 이제 그가 할 일은 명함 속의 그 보좌관에게 전화를 하는 일이었다.

피살자가 발견된 시간이 02:00경이었고, 그때까지도 피살자의 몸에서 흘러나온 피가 응고되지 않은 것으로 보아 피살자가 살해된 시간은 대략 자정 무렵인 것으로 추정되었다.

박경일 경위는 사건을 인지한 직후 호텔의 투숙객을 통제하지 않은 것을 후회했다. 어쩌면 범인은 그때까지도 호텔의 어딘가에 머무르고 있었는지도 모를 일이었다.

수사본부를 나온 박경일 경위는 다시 호텔로 갔다. 피살자가 살해된 실내 현장은 아직도 감식반에서 조사를 하고 있었다.

호텔의 외부에서 어떠한 단서라도 포착할 수 있지 않을까.

호텔은 지하 1층에는 식당 및 사우나가 있고, 1층은 로비 겸 커피숍이었다. 2층부터 5층까지는 각종 연회장 및 회의실, 6층부터 19층까지가 객실, 20층에는 스카이라운지 및 레스토랑이 있었다.

어쩌면 범인은 태연하게 스카이라운지에서 밤바다의 야경을 즐기고 있었는지도 모른다. 박경일 경위는 사건 현장에 임했을 당시 투숙객을 통제하지 않은 자신에게 다시 한 번 화가 치밀었다.

호텔의 지배인이 가져온 투숙객의 명단을 살펴보았지만 이름과 주민등록번호, 주소만이 기재된 명단에서 용의자라고 의심해 볼 만한 사람이 누구인지 종잡을 수조차 없었다.

범인이 호텔의 투숙객이었다면 그는 살인을 한 직후 바로 체크아웃을 하였을 것이다. 박경일 경위는 우선 피살자의 사망시간을 최대한으로 소급하여 10:00 이후 호텔에서 체크아웃한 사람이 있는지를 살펴보았다. 그러나 10:00부터 03:00 사이에 체크아웃한 투숙객은 아무도 없었다. 하기야 자신이 범인이라고 하여도 살인을 한 직후 바로 체크아웃하여 신분을 노출시키지는 않을 것이라는 생각에 박경일 경위는 혼자서 실소를 머금었다.

05:00부터 06:00 사이에 체크아웃한 사람이 5명, 06:00 이후 체크아웃한 사람은 모두 10명이었다. 범인이 만약 호텔의 투숙객이었다면 일단 이들을 용의선상에 두어도 좋을 것이다. 그러나 범인이 태연히 자신의 신분을 노출시키도록 호텔의 숙박부를 기재하지는 않았을 것이다. 따라서 이들을 용의선상에 두는 것은 의미가 없다는 생각이 들었다. 그래도 호텔의 투숙객을 조사하지 않을 수는 없는 일이었다.

박경일 경위는 투숙객의 명단을 확보한 후 투숙객 모두의 신원 파악을 하도록 조치하는 한편 호텔의 종업원들을 불러 10:00 이후에 호텔을 빠져나간 사람이나 차가 있었는지를 조사했다. 그러나 일부러 호텔을 빠져나가는 차량을 관찰하고 있었던 것이 아닌 다음에야 종업원들이 사건발생 시점으로 추정되는 시간 이후에 호텔을 빠져나간 차량을 기억할 수는 없는 일이었다. 피살자의 사망시간으로 추정되는 시간이 자정 무렵이라는 점을 생각해 볼 때 이 시간 이전에 이미 호텔에 있었던 사람이거나 또는 이 시간을 전후하여 호텔에 들어온 사람 내지는 호텔을 빠져나간 사람일 것이라는 점은 의문의 여지가 없었다.

박경일 경위는 살해현장 및 호텔 주위를 다시 한 번 둘러보았지만 단서가 될 만한 것은 찾을 수 없었다. 범인은 틀림없이 차를 이용하여 호텔을 빠져나갔을 것이고, 범인의 차가 주차장에 있었다면 범인이 주차장에서 어떤 흔적을 남겼을지도 모른다.

박경일 경위는 호텔 입구 정면의 주차장으로 내려가 주차된 차량들을 유심히 살펴보기 시작했다. 한 곳에 앞 범퍼가 부서져 있는 승용차

한 대가 눈에 띄었다. 그는 주차장 입구의 관리실에 있는 경비원을 불렀다.

경비원은 나이 육십이 넘게 보이는 바짝 마른 사나이였다. 사내의 턱에 듬성듬성 나 있는 하얀 수염 몇 올이 유난히 눈에 거슬렸다.

– 이 차 언제부터 여기에 있었어요?

– 글쎄요. 나는 오늘 열시에 교대하였기 때문에 잘 모르겠는데요.

박경일 경위의 신분을 확인한 경비원이 무슨 죄라도 저지른 사람처럼 겁먹은 얼굴로 대답했다.

– 그럼 어젯밤에는 누가 경비를 섰어요?

– 경비는 박씨와 내가 주야로 교대로 하고 있으니까, 박씨가 주차장에 있었겠지요.

– 그 박씨란 사람, 지금 연락이 되나요? 연락이 되면 지금 이리로 좀 나와 달라고 하세요.

경비원이 박씨란 사람에게 연락을 취하는 동안, 박경일 경위는 범퍼가 부서진 차량의 차적 조회를 하여 소유자가 누구인가를 알아내었다. 차의 소유자는 호텔의 투숙객 중의 한 사람이었고, 다행히 그 투숙객은 호텔에 머무르고 있었다.

박경일 경위가 그 투숙객의 방을 찾아갔을 때, 그는 마침 일어나 체크아웃 준비를 하고 있었다. 그 투숙객은 어제 저녁 무렵 서울을 출발하여 새벽 1시경쯤 호텔에 도착하여 투숙했다고 했다. 운전에 지쳐 피곤한 나머지 곧바로 잠이 들었던 관계로 호텔에서 살인사건이 난 사실도 모르고 있었다.

박경일 경위는 그 투숙객의 차 범퍼가 원래 부서져 있었는지를 물었다. 호텔에 도착하기까지 정상이었다는 것이었다. 그렇다면 그 차의 범퍼가 부서진 것은 투숙객이 주차장에 차를 주차시킨 이후인 새벽 한 시경 이후라는 추론이 가능하였다. 박경일 경위가 투숙객으로부터 경위를 알아보고 있는 동안 경비원으로부터 연락을 받은 박씨라는 경비원이 나타났다.

박씨라는 경비원은 오십대 후반의 키가 작고 왜소한 체구를 가진 사내였다. 그는 야간근무를 한 뒤 쉬고 있는 시간에 왜 사람을 불러내느냐는 불만으로 가득 차 있었다.

– 무신 일로 자는 사람을 불러내고 그라는 기요?

– 미안합니다. 몇 가지 좀 물어볼 일이 있어서요. 아저씨가 어젯밤에 주차장 경비를 보는 동안에 무슨 일이 없었던가요?

– 무슨 일이라니? 뭔 도둑이라도 든 일이 있느냐 그런 말인교?

– 아니, 그런 것이 아니라, 아저씨가 근무를 서고 있었던 어젯밤에 주차장에서 접촉사고 같은 것이 없었던가요?

박경일 경위는 박씨라는 사내의 태도를 유심히 관찰하였다. 박씨의 표정에 잠시나마 주저하는 빛이 나타났다. 그러나 그는 이내 표정을 감추며 아무 일도 없었다는 듯이 말했다.

– 아니, 무신 차사고 같은 것이 있었다는 말인기요? 그란데 와 그런 것을 내한테 물어 보능교?

– 저 차를 보세요. 앞 범퍼가 부서져 있지요? 아저씨가 경비를 서고 있던 어젯밤에 누군가가 접촉사고를 내었던 것이 분명해요. 어젯밤에

아저씨가 경비를 보고 있었으니까, 접촉사고를 낸 사람을 보았을 것이 아녜요? 정말 아무 일도 없었던 거예요?

– 내가 잠시 자리를 비운 짬에 사고가 있었는지는 몰라도 내사 마 참말로 모르는 일이라.

– 이것 보세요, 아저씨. 어제 이 호텔에서 살인 사건이 난 것을 아시죠? 지금 저 차와 접촉사고를 낸 차가 살인을 한 후 호텔을 빠져나가다가 접촉사고를 낸 것일 수도 있어요. 아저씨가 접촉사고 사실을 알고서도 그것을 감춘다면 아저씨는 살인범을 은닉하고 있는 것이 되는 거예요. 범인을 은닉하면 어떤 처벌을 받게 된다는 것은 아저씨도 아시죠? 그러지 말고 어젯밤에 무슨 일이 있었는지 협조해 주세요.

– 내사 마 참말로 아무것도 모르는 일이라. 무슨 일이 있었다면 내가 말을 하지, 뭐 할라고 속이겐노?

박경일 경위의 엄포에도 불구하고 박씨는 완강했다. 박경일 경위는 박씨의 눈을 똑바로 쳐다보았다. 잇속에 밝은 영악한 두 눈이 그를 조롱하듯 깜빡거리고 있었다. 이 사람이 분명 무언가를 감추고 있다는 생각이 들었다. 그러나 어쩔 수 없는 일이었다.

박경일 경위는 투숙객의 차량과 부서진 범퍼에 대한 사진 촬영을 한 후에 가까운 자동차 정비센터로 전화를 하여 수리공을 오게 하여 부서진 범퍼를 떼어내게 했다. 수사의 진행여하에 따라서는 향후 부서진 범퍼가 유력한 증거가 될 가능성을 염두에 둔 조치였다.

용의자

호텔 로비의 체크인 카운터에 있던 신경민은 어제 사내가 건네 준 명함에 적힌 전화번호를 세 번째 누르고 있었다. 명함에는 '보좌관 최경호' 라고 적힌 아래에 'B시 갑구 국회의원 정해현' 이라고 적혀 있었다.

신경민이 첫 번째로 전화를 하였을 때, 전화를 받은 아가씨는 최경호가 잠시 자리를 비웠으니 십 분쯤 후에 다시 전화를 해달라는 소리와 함께 일방적으로 전화를 끊어버리고 말았다. 두 번째로 전화를 했을 때, 첫 번째의 아가씨 대신 웬 남자의 퉁명스런 음성이 회의 중이라는 일방적인 말만을 하고는 전화를 끊어버렸다.

도대체 국회의원 사무실이라는 곳에서는 전화를 이따위로밖에 받지 못하는가. 어제까지만 해도 도로에 줄지어 서서 표를 달라고 허리를 숙이며 애걸복걸하던 자들이 아닌가. 그런데 선거가 끝난 지 채 하루도 지나지 않았는데 이따위로 전화를 받다니!

신경민은 이제 세 번째의 전화를 하고 있는 중이었다. 신호가 떨어졌다. 첫 번째의 전화를 받은 아가씨가 잠시 기다리라고 하더니 최경호의 자리로 전화를 돌리는 모양이었다. 전화기 속에서 회선이 바뀌는 신호음이 들리는 동안 신경민은 야릇한 긴장과 흥분이 몸을 감싸는 기분을 느꼈다.

– 예, 최경호입니다.

– 여기는 호텔 크라운인데요. 어젯밤, 저희 호텔에 다녀가신 적이 있지요?

– 예, 그런데요. 무슨 일로 그러시나요?

– 어젯밤, 차사고 때문에 전화했는데요.

– 사고라니? 도대체 무슨 말을 하는 거요?

– 아니, 왜 이러십니까? 어젯밤, 저희 호텔에 오셨다가 가는 길에 주차장에서 사고를 내셨잖습니까?

– 도대체 무슨 얘기를 하는 거요? 내가 어젯밤에 거기에 간 적이 있긴 하지만, 무슨 사고를 냈다는 거요? 혹시 뭘 잘못 알고 있는 것이 아니요?

– 아니, 사고를 내고서 전화를 하면 변상하겠다고 명함까지 주시고 나서 이제 와서 모른다고 하시면 어떻게 합니까? 보좌관님의 차 넘버가 4897 아닙니까? 제가 차 넘버까지 적어 놓았는데 이제 와서 모른다고 하시는 거예요?

– 4897? 그래, 내 차번호가 4897이 맞아. 그런데 내가 무슨 사고를 냈다는 거요?

– 정말 왜 이러시는 거예요? 모른다고 잡아뗄 일이 따로 있지.

– 뭘 잡아뗀다는 거야? 무슨 소리를 하고 있어?

– 정말 이러실 거예요?

– 당신 누구야? 도대체 어떤 양아치 같은 자식이 장난질을 하고 있어.

– 뭐라고요? 양아치 같은 자식이라고! 씨팔, 국회의원 보좌관이면 남의 차를 부숴 놓고도 오리발 내밀면 다 되는 줄 아나.

신경민은 일부러 거친 욕설을 쏟아 부으며 팽개치듯 송수화기를 내려놓았다. 그의 옆에 있던 여자종업원이 신경민의 그러한 태도를 이해할 수 없다는 듯이 바라보고 있었다.

이제 신경민이 해야 할 일은 최경호의 접촉사고 사실을 제보하는 일이었다.

– 그러니까, 이 명함이라는 말이지?

– 예, 4897, 이것이 차번호고요. 그 사람으로부터 받은 명함에 차번호를 확인하고 적어 놓았던 것입니다.

– 차 넘버는 분명히 확인한 것이 맞아?

– 참, 아무렴, 제가 사고를 낸 차번호를 잘못 적을 리가 있겠어요.

– 그 차의 차종과 색깔은?

– 그랜저였어요. 색깔은 검은 색이었고요.

– 이 명함에 적힌 최경호라는 사람을 보면 알 수 있겠어? 그 사람의 인상착의라던가, 특징 같은 것 말이야.

– 그럼요. 경비실의 박씨도 보았으니, 보면 분명 알 수 있을 거예요.

– 박씨는 못 봤다고 하던데?

– 예, 아마 박씨는 일부러 거짓말을 했을 거예요.

– 왜? 박씨가 거짓말을 할 이유가 없잖아?

– 그 사람이 전화를 하면 변상하겠다고 하면서 사고를 알리지 말라고 당부를 했으니까요. 그러면서 박씨에게 얼마간의 돈을 주었어요.

– 그런데 아까 낮에 내가 조사를 할 때는 아무 말이 없다가 왜 이제 와서 말을 해.

– 저는 그 자리에 없었어요. 그 자리에 있었더라도 박씨처럼 말을 하지 않았을 거예요. 국회의원 보좌관이고, 또 변상하겠다고 명함을 주면서 알리지 말라고 했으니까요. 수리비를 떼일 리도 없고. 솔직히 괜히 문제를 만들어 이로울 것이 없잖아요. 그런데 참, 열 길 물속은 알아도 한 길 사람 속은 알 수 없다는 말이 이런 때에 딱 맞는 말이에요. 제가 전화를 했지요. 그런데 완전히 오리발을 내미는 거예요. 아니, 세상에 국회의원 보좌관이라는 사람이 어떻게 그럴 수 있어요? 사고를 내고 알리지 말라고 돈까지 준 사람이 하룻밤 만에 태도가 돌변할 수 있어요? 사람을 놀리는 것도 아니고.

– 그 사람이 사고를 낸 시간이 정확하게 언제였어?

– 정확한 시간은 모르겠지만, 아마 열두시경이 조금 넘었을 것 같네요.

– 사고를 냈다면 사고차량도 부서졌을 것 같은데, 그 사람의 차는 괜찮았어?

– 그때 제가 얼핏 살펴보았는데, 그 차의 뒤쪽 범퍼 오른쪽이 부서진 것 같았어요.

– 알았어, 얘기하길 잘했어. 다음에 또 무슨 일이 있으면 연락해야 돼.

박경일 경위는 호텔 크라운의 커피숍을 나왔다. 그때까지 아무런 단서조차 잡지 못하고 있던 박경일 경위로서는 전혀 예측하지 못한 수확이었다.

피살자와 가장 가까운 정적관계에 있는 사람의 보좌관이라는 자가 피살시점으로 추정되는 시간에 범행 현장에 있었다. 그리고 그는 무언가에 쫓기는 듯 서둘러 현장을 빠져나가다가 접촉사고를 냈다. 그는 이러한 사실을 비밀로 하기 위해 목격자를 매수하고자 했다. 이것은 예사롭게 넘길 문제가 아닐 것 같았다.

물론 우연한 기회에 그 보좌관이라는 자가 호텔에 오지 말라는 법이 없다. 그러나 그 시간이 문제였다. 그 시간은 피살 시점으로 추정되는 자정에서 01:00경 사이인 것이다.

특히 이 날 자정 무렵까지 한창 개표가 진행 중에 있었고, 정해현과 피살자는 이때까지도 누구의 당선을 예측할 수 없을 정도로 접전을 벌이고 있었지 않은가. 이런 접전상황에서 선거에 출마한 사람의 보좌관이라는 사람이 한가롭게 호텔에 있었다는 것은 이해할 수 없는 일이다.

그렇다면 그 보좌관에게는 개표상황보다도 더 중요한 목적 또는 임무가 있었고, 그는 이 목적 또는 임무를 수행하기 위하여 호텔에 왔었다는 것을 의미하는 것이다. 그나마 일단은 용의선상에 둘 수 있는 인물의 단서를 포착한 셈이었고, 그것은 커다란 수확이었다.

박경일 경위는 신경민으로부터 받은 명함을 수첩에 넣고는 수사본부로 돌아와 수사 상황 보고서를 작성하기 시작했다.

중 부 경 찰 서

제 호 ××××제 ××호
수 신 경찰서장
참 조 특별수사본부 검사 김용훈
제 목 수사상황보고

본 관내에서 발생한 살인 사건(피살자 김인환)에 대한 수사상황을 다음과 같이 보고합니다.

다 음

1. 범죄발생 현장에 대한 탐문수사보고

보고자는 범죄발생현장인 호텔 크라운에 임하여 범죄발생 시점으로 추정되는 10:00부터 다음 날 02:00를 전후한 시간대에 호텔을 출입한 투숙객 및 차량이 있었는지의 여부에 대하여 당시 호텔에서 근무하고 있었던 종업원 및 주차장 경비원을 대상으로 수사함.

2. 피조사자의 인적 사항

가. 성명 신경민, 당 28세
주민등록번호 ×××××× - 1××××××
직업 호텔 크라운 객실 담당(대리)
주소 B시 H구 S동 567 동일아파트 4동 309호

나. 성명 박춘만, 당 58세
주민등록번호 ×××××× - 1××××××
직업 호텔 크라운 주차장 관리원
주소 B시 H구 D동 376(7/1)

3. 조사결과

가. 호텔 객실 담당 대리로 근무하는 위 신경민에 대한 탐문 결과 범행시간으로 추정되는 12:00경 호텔 주차장에서 접촉사고를 내고 도주하려는 차량을 위 박춘만이 목격하고 차량을 멈추게 했다고 함. 그 차량은 황급히 호텔을 빠져나가다가 위 박춘만의 제지에 의하여 차를 멈추게 되었다고 함. 당시 차량의 운전자는 위 신경민과 박춘만에게 변상하겠다고 하면서 명함을 주었고, 자신의 접촉사고 사실을 신고하지 말 것을 부탁하였다고 함.(이와 같은 부탁에 의한 것인지 위 박춘만은 접촉사고를 목격한 사실을 부인함.)

나. 가해차량(×토4897)에 대한 조회결과 차량은 검은색 그랜저 승용차로 소유자는 B시 H구 G동에 거주하는 최경호이고, 직업은 국회의원 정해현의 보좌관임. 피해차량은 서울 3너 75××으로 당시 위 호텔에 투숙했던 서울 성북구 ○○동에 거주하는 한길준의 소유로 밝혀짐.

4. 조치상황

위 신경민이 가해차량의 소유자인 최경호로부터 받은 명함 및 가해차량과의 접촉사고로 인하여 피해차량이 입은 부서진 앞 범퍼의 사진을 별첨으로 첨부함.

(피해차량의 부서진 앞 범퍼의 실물은 피해차량 소유자의 동의를 얻어 보관계에 별도로 보관 조치함)

5. 향후 수사계획

위 최경호는 피살자와 정적관계에 있는 국회의원 정해현의 보좌관이라는 점에서 유력한 용의자로 추정할 수 있음. 이에 위 최경호의 차량을 조사하여 실제로 접촉사고가 있었는지의 여부를 조사할 예정이며, 사건 발생 당시 시점을 전후한 최경호의 행적을 조사할 계획임.

6. 보고자

수사과 강력계 박경일

7. 이상과 같이 수사상황을 보고합니다.

음모의 표적

지난밤에 있었던 일과 그 동안의 선거운동 기간을 고려하면 최경호는 거의 일주일 동안 눈 한번 제대로 붙여 보지 못한 채 뜬눈으로 보내고 있었다. 그러나 비록 선거에서는 졌지만, 김인환의 피살이라는 예기치 않은 사건의 발생으로 흥분된 상태에 있었기 때문에 그다지 피곤하지는 않았다.

정해현과 선거종사자들이 사무실을 떠난 후, 비서관 한 사람과 여직원 한 명만 남게 되자, 최경호는 그때까지 들떠 있던 흥분이 가라앉고 긴장이 풀어지며 엄청난 피로가 한꺼번에 밀려옴을 느꼈다. 그는 두 사람에게 사무실을 지키게 하고는 밖으로 나왔다. 어디 사우나에라도 가서 그 동안에 쌓인 피로를 걷어낼 참이었다.

최경호가 사무실을 나서자 사월의 화창한 날씨가 축복처럼 그를 감쌌다. 패배의 수렁에 빠진 순간, 승리한 김인환이 피살되었으니, 이 얼마나 축복인가. 비록 재선거를 해야 하는 일이 남아 있었지만, 최대의 라이벌인 김인환이 없어져 버렸으니, 정해현은 이미 당선된 것이나 다름없었다.

목욕탕을 향해 걸어가는 그의 얼굴에 피식 웃음이 번졌다.

'깊은 애도를 표시한다고! 에라, 엿 먹어라.' 기자회견을 하는 정해현의 말이 생각났기 때문이었다. 그에게 유리컵을 던지면서 죽여 버리라고 고함을 치던 정해현이 기자회견에서 마치 눈물을 흘리기라도 할 것처럼 근엄하고 비통에 잠긴 목소리로 '깊은 애도' 운운하는 모양이라니. 그러나 최경호는 그러한 정해현의 가증스러움에 박수를 보내고 싶었다.

정치가는 원래 그래야 했다. 자신의 내심은 절대로 드러내지 않아야 했다. 정치가는 본색은 감춘 채 항상 유권자를 위하여 자신을 희생하는 애국자인 것처럼, 도덕으로 무장된 정신지도자인 것처럼, 불우한 이웃을 위하는 자선사업가인 것처럼 치장을 해야 하는 것이다. 그러한 점에서 정해현도 탁월한 연기자였다. 그러한 정해현의 연기는 배워둘 만했다. 그 자신 또한 언젠가는 정해현에게서 벗어나 국회의원을 꿈꾸고 있지 않은가.

욕탕의 따뜻한 물이 엄청난 피곤을 몰고 왔다. 최경호는 가볍게 샤워를 한 후 수면실에 들어가 눈을 감았다. 개표가 시작된 이후 정해현의 기자회견이 있기까지 보낸 지난 하루 동안의 일들이 꿈결처럼 느껴졌다.

얼마나 잤을까. 눈을 뜨니 이미 오후 한시가 넘어 있었다. 그가 자고 있는 동안에 혹시나 무슨 일이 일어나지 않았을까? 사무실로 전화를 했다. 전화를 받은 여직원이 호텔 크라운에서 전화가 두 번이나 왔었다고 했다. 호텔 크라운에서 그에게 전화를 할 이유가 없었다. 갑자기 이상한 느낌이 들었다. 그러고 보니 어제 저녁부터 이상하게 호텔 크라운과 연결되어 있었다는 생각이 들었다.

개표가 한창 진행 중인 밤 아홉시 경에 청와대를 사칭하는 자가 호텔 크라운으로 나오라고 하였다. 그러나 그런 자는 호텔에 없었다. 그리고 개표가 종료되어 곤욕을 치르고 있을 때, 김인환이 호텔 크라운 804호실에서 피살되었다는 보도가 있지 않았는가. 그런데 지금 또 다시 같은 호텔로부터 그를 찾는 전화가 왔었다니? 이상한 일이었다.

최경호는 서둘러 목욕탕을 나섰다. 화창한 날씨는 여전히 밝은 빛으로 축복을 내리고 있었다. 정해현의 선거사무실이 위치한 D빌딩의 전면에 어느새 '여러분의 성원에 깊은 감사를 드립니다.' 라는 대형 현수막이 걸려 있었다. 만일 김인환이 피살되지 않았다면 그 현수막은 패배의 아픔을 장식하는 만장이 되었을 것이다. 그러나 그 현수막에 비록 '축, 당선' 이라는 문구는 없었지만, 그것은 마치 정해현의 당선을 축하하는 휘장처럼 펄럭이고 있었다.

최경호가 사무실에 막 도착했을 때, 호텔로부터 전화가 왔다. 그런데 전화의 상대방은 그가 전혀 짐작도 할 수 없는 차량의 접촉사고 얘기를 하고 있었다.

어젯밤 청와대를 사칭하는 자의 전화를 받고 호텔에 간 사실은 있었다. 그러나 사고를 낸 사실이 없었다. 그래서 누군가가 오해를 한 것이거나, 고의로 접촉사고를 가장하여 돈을 우려내려는 것이라고 여기고 전화를 끊어버렸던 것이다. 그런데 곰곰 생각하니 뭔가 이상하다는 생각이 들었다. 사고를 낸 장소가 호텔 크라운이라니? 청와대를 사칭하는 장난전화를 받고 호텔에 갔을 때, 주차를 하거나 차를 뺄 때 가벼운 접촉사고를 냈을 수도 있는 일이었다. 그러나 전혀 그러한 기억이 없었다. 그런데 전화 속의 인물은 그의 차번호를 정확히 알고 있었고, 사고를 내고 변상하겠다며 명함까지 주었다고 하지 않는가. 정말 이상한 일이었다. 무언가에 홀린 것 같은 기분이 들었다.

그는 혹시나 하는 생각에 차를 주차시켜 둔 지하주차장으로 내려갔다. 전화 속의 인물이 얘기한 것처럼 사고를 내었다면, 차에 사고를 낸 어떤 흔적이 있을 것이라는 생각이 들었던 것이다.

차는 어젯밤 호텔에 다녀와서 주차를 해 둔 장소에 그대로 있었다. 차체를 살펴보았다. 차체의 보닛이며, 외관은 아무런 이상도 없었다. 다시 한 번 차체를 유심히 살펴보았다. 순간 그는 흠칫 놀라고 말았다. 차의 뒤 범퍼 오른쪽이 부서져 금이 가 있었다. 부서진 부분이 그리 크지 않아 유심히 살펴보지 않으면 쉽게 식별하지 못할 정도였으나, 분명히 뒤 범퍼는 외부의 충격에 의하여 부서진 것이었다. 최경호는 갈피를 잡을 수 없을 정도의 심한 혼란에 빠졌다. 혹시 차가 주차되어 있는 동안에 누군가가 차를 들이받고 그냥 가버린 것은 아닐까? 아무리 생각해도 사고를 낸 기억은 없었다. 어젯밤에 있었던 일들에 대한 기억을 다시 한 번 되새겨 보았다.

청와대를 사칭하는 자의 전화를 받고 호텔 커피숍에 간 것은 분명했다. 그러나 가는 도중이나 호텔의 주차장, 돌아오는 도중에 접촉사고를 낸 사실은 전혀 없었다. 호텔에서 돌아왔을 때가 밤 10시 30분경이었고, 개표가 거의 종료된 자정경까지 개표방송을 보면서 사무실을 지켰다. 개표 후 정해현에게 곤욕을 치렀고, 울분을 삭이지 못해 혼자 사무실 근처의 포장마차에 가서 술을 마셨다. 포장마차는 사무실 근처에 있었기 때문에 차를 이용하지 않았다. 이후 김인환의 피살 소식이 있었고, 그 동안은 줄곧 사무실에 있었다. 목욕탕에 갈 때도 차를 사용하지 않고 걸어서 갔었다.

어젯밤 호텔 크라운에서 돌아온 이후부터 차를 한 번도 사용하지 않았던 것이다. 그렇다고 누군가에게 차를 사용하라고 차 키를 맡긴 적도 없었다. 그런데 사용하지도 않은 차의 뒤 범퍼가 부서져 있다니? 이것은 차가 주차되어 있는 동안에 누군가가 차를 들이받고 가버린 경우가 아니면 있을 수 없는 일이다. 그런데 호텔에서는 그가 사고를 내고 변상하겠다고 하면서 명함까지 주고 갔다고 하지 않았는가. 최경호는 통화 내용을 반추해 보았다. 전화를 한 사람은 차번호를 알고 있었고, 사고 후 명함을 주었다고 했다. 혹시 사고를 낸 차의 번호를 잘못 알고 전화를 한 것이 아닐까? 그렇다면 명함을 주었다는 것은 또 무엇인가? 전화를 한 사람의 말이 거짓말 같지는 않다. 그런데 호텔에 간 적이 있지만, 사고를 낸 적은 없다.

어떻게 이런 일이 일어날 수 있단 말인가? 그렇다면 호텔에서 돌아온 후 개표 방송을 지켜보고 있을 동안에 다른 누군가가 자신의 차를 이용하여 호텔에 갔고, 그가 사고를 낸 경우이다. 이때 사고를 낸 사람은 사고를 수습하기 위하여 그의 명함을 주었다. 명함은 그의 차 사물함에 항상 비치되어 있는 것이다. 자신의 차를 타고 간 사람이 누구인가? 호텔에서 돌아와 개표 방송을 보는 동안에 어느 누구에게도 차를 맡긴 적이 없다. 당시에는 개표 상황이 접전상태에 있었기 때문에 선거종사자 누구도 자리를 비울 상황이 아니었다. 개표방송을 보며 사무실에 있는 동안에 누군가가 차를 훔쳐 타고 호텔에 갔다는 결론에 이른다. 그리고 그 사람이 사고를 냈고, 사고 후 그의 명함을 호텔 종업원에게 주었다는 추리가 가능하다. 순간 최경호는 머리끝이 쭈뼛했다. 김인환이 살해된 장소가 호텔 크라운 804호실이라고 하지 않았는가. 김인환이 살해된 시간은 누군가가 그의 차로 호텔에서 사고를 낸 시점과 근접한 시점이다. 만약 그의 차를 훔친 자가 김인환을 살해한 자라면? 그 자가 타고 있던 차가 그의 차이기 때문에 당연히 수사의 손길은 그에게 뻗칠 것이다.

더구나 그는 김인환과 정치적 라이벌 관계에 있는 정해현의 보좌관이 아닌가. 이미 언론은 김인환의 피살을 그와 정적 관계에 있는 사람의 소행일 수도 있다는 추측성 기사를 여러 갈래로 보도하고 있었다. 그런데 김인환이 살해된 시점에 자신도 모르는 사이에 그의 차가 살해현장에 있었던 셈이었다. 이것은 중요한 문제다.

실제로 호텔에 있었느냐의 여부를 떠나, 우선 제일 먼저 수사의 손길이 그에게 뻗칠 것이다. 피살자의 정적이라는 사실 하나만으로도 수사의 손길이 뻗칠 만도 하다. 그런데 그 정적의 보좌관이 살해현장에 있었다면? 그것도 살해된 시점에서라면? 그렇다면 제일 먼저 그에게 혐의를 둘 것은 너무도 당연하지 않은가. 이러한 사실은 그 사실의 실제여부를 떠나 외부에 알려져서 전혀 이로울 것이 없다. 생각이 여기까지 미치자, 그는 호텔에서 걸려온 전화를 단순한 장난 전화쯤으로 치부해 버린 것을 후회했다. 우선 사실을 알아보고 나서 처리했어야 할 문제였다.

최경호는 갑자기 조바심이 나며 입술이 타기 시작했다. 우선 전화를 한 사람으로부터 호텔에서 어떠한 일이 있었는지를 알아봐야겠다는 생각이 들었다. 그러나 그것보다 더 급한 일이 있었다. 그것은 부서진 범퍼를 교체하는 일이었다. 그는 사고 사실에 대하여 전적으로 부인해야 한다고 생각했다. 그리고 실제로 그가 사고를 낸 사실도 없었다.

최경호는 일부러 선거사무실에서 한참이나 떨어진 차량정비 센터로 차를 몰았다. 선거사무실과 가까운 장소의 차량 수리 센터에서는 그를 알아보는 사람이 있을 수도 있었다. 그렇다면 그가 차량의 뒤 범퍼를 수리한 사실이 알려질 수도 있는 일이었다.

뭔가 이상하고 불안했다.

김인환을 살해한 자는 누구인가. 재선거를 통한 정해현의 당선은 확실하다. 살인자는 이와 같은 사실을 알고서 살해했을까. 그렇다면 살인자는 정해현을 도우려고 한 것일까. 차를 몰아가는 최경호의 머릿속으로 온갖 생각이 스쳐 지나갔다. 그러나 살인자가 정해현을 도우려고 김인환을 살해한 것이 아닐 수도 있었다. 알 수 없는 곳에서 어떤 음모가 꾸며지고 있는지도 모를 일이었다. 그렇다면 그 음모의 주인공은 누구인가. 그리고 그 표적은?

야간근무에 들어갈 여덟시까지는 네 시간 정도가 남아 있었다. 신경민은 이 네 시간 동안만이라도 호텔의 숙소에 가서 잠시라도 눈을 붙이고 싶었다. 그가 호텔 로비의 카운터를 벗어나 숙소로 향하기 위해 막 자리를 뜨려 할 때 전화기의 벨이 울렸다.

– 감사합니다. 호텔 크라운입니다.

– 혹시 아침에 최경호라는 사람에게 전화를 걸었던 사람이 누군지 알아봐 줄 수 있나요?

최경호였다.

– 예, 제가 전화를 드렸는데요.

– 그 차 사고와 관련하여 말인데, 도대체 어떻게 된 건지 만나서 얘기 좀 할 수 있겠나?

– 아니, 정말 기억을 하지 못하시는 거예요? 어젯밤 사고를 냈을 때 술에 취하신 것 같지도 않았는데.

– 그러게 말이야, 도통 기억이 없어.

– 아니, 사고를 내지 않았다는 거예요? 아니면 사고를 냈지만, 기억을 못하신다는 거예요?

– 그래서 내가 자네를 좀 만나고 싶다고 하지 않나?

– 그렇다면, 호텔로 오세요. 말씀해 드릴게요.

– 그러지 말고, 호텔이 아닌 다른 곳에서 좀 만나지. 내가 자네 말대로 사고를 내었다면 응당 변상을 해야 하지 않겠나.

카운터에 있던 여자종업원이 신경민의 태도를 이해할 수 없다는 듯 바라보고 있었다.

최경호는 운전할 때 착용하는 검은 안경을 꼈다. 그는 안경을 쓴 채로 언젠가 단 한 번 와본 적이 있는 카페의 문을 들어섰다. 안에는 두 사람의 여자 손님 외에는 아무도 없이 조용했다. 그는 자기도 모르게 안경을 벗으려다가 생각을 바꾸었다. 혹시라도 그의 얼굴을 아는 사람이라도 만나면 좋을 것이 없을 것 같다는 생각이 들었다. 최경호는 눈에 잘 띄지 않는 구석진 자리에서 신경민을 기다렸다.

최경호가 정한 장소는 호텔에서 차로 약 이십분 정도 떨어진 거리에 있는 '까뮈' 라는 상호의 카페였다. 카페로 들어선 신경민은 붉은색 조명으로 어두침침한 실내를 둘러보았다. 구석진 자리에 검은 안경을 낀 한 남자가 보였다. 신경민은 곧바로 그 사람에게로 다가갔다.

– 최 보좌관님이시죠?

최경호는 신경민이 말하는 보좌관이라는 말이 부담스러워 실내에 있는 두 사람의 여자를 힐긋 보고는 가볍게 고개를 끄떡였다. 두 사람 사이에 잠시 어색한 침묵이 흘렀다. 그때 카페의 여종업원이 주문을 받으러 왔다. 그는 커피를 시켰다.

– 어제 내가 사고를 냈다고 했는데, 그것이 도대체 무슨 말인가?

– 아니, 그럼 최 보좌관님께서는 정말 아무 것도 기억하지 못한다는

말씀이세요?

– 그때가 언제쯤이었나?

– 아마, 새벽 한시쯤이 되었을 겁니다.

새벽 한시쯤이라면? 그는 분명 포장마차에서 혼자 술을 마시고 있었다. 그런데 이 자식의 태도로 봐 사고가 난 것은 분명하고, 사고를 낸 사람이 그라고 철석같이 믿고 있다. 이게 도대체 어찌된 일인가?

– 그때 내 차는 어디 부서지지 않았어?

– 최 보좌관님의 차도 뒤 범퍼 오른쪽이 부서진 것 같던데요. 제가 어제 저녁 그곳이 부서졌다고 하자 괜찮다고 해놓으시고는. 확인해보시지 않았어요?

– 사고를 낸 후 내가 어떻게 하던가?

– 참 내, 아무리 술을 마셨다고 해도 그렇지. 이렇게 전혀 기억을 못해요? 사고 후 제가 경찰을 부르려고 하자, 보좌관님께서 명함을 주며 연락하면 변상하겠다고 하시지 않았어요? 누구에게도 말하지 말라고 신신당부까지 하면서요.

– 그랬던가? 그 명함이 어떤 것이었나?

– 아까 낮에 통화할 때 보좌관님께서 오리발을 내밀어 홧김에 찢어버렸는데요.

– 그렇다면 내가 사고를 냈다는 증거도 없는 것이군. 안 그래?

– 뭐라고요? 이제 보니 여기까지 나오라고 한 것은 변상해 주려는 게 아니라, 제가 증거를 가지고 있나, 없나 하는 것을 떠보기 위해서네요. 그렇다면 할 수 없습니다. 보좌관님께서 사고를 낸 것은 저뿐만 아

니라 경비실의 박씨도 목격한 사실입니다. 내 참! 기껏 생각해서 경찰이 조사할 때 일부러 숨기고 있었는데. 그렇게 나오신다면 할 수 없이 경찰에 신고할 수밖에 없군요. 안녕히 계십시오.

신경민이 더 할 얘기가 없다는 듯 자리에서 일어서고 있었다.

– 잠깐 좀 앉아 봐. 어제 사고를 낸 사람이 정말 내가 맞아?

최경호는 안경을 벗으면서 말했다.

– 정말 끝까지 이러실 거예요? 지금 들고 있는 안경이 어제 사고 때 끼고 있던 그 안경이네요.

신경민이 자리에서 일어선 채로 쏘듯이 말했다.

– 그러지 말고, 자, 아마도 내가 술에 취하여 기억을 하지 못하는 모양인데. 그래 차 수리비가 얼마나 나왔어?

– 앞 범퍼가 부서지고, 보닛이 찌그러졌으니까, 아마 최소한 백만 원은 나올 것 같던데요. 그리고 보좌관님도 저희 호텔에서 살인사건이 난 것은 아시죠? 그때 저는 제일 먼저 보좌관님을 떠올렸습니다. 뭐, 보좌관님께서 살인을 했다는 것이 아닙니다. 그러나 보좌관님과 같은 지위에 계신 분이 살인현장에 있었다는 것이 알려지면 얼마나 난처한 일이겠습니까? 그래서 경찰이 조사할 때, 저는 부탁하신 대로 일절 발설하지 않았습니다. 제가 박씨의 입도 막을 테니까, 그러니까 보좌관님께서는….

이 자식 봐라. 최경호는 나불거리고 있는 신경민의 주둥이를 그대로 갈겨버리고 싶은 충동을 가까스로 참아내고 있었다. 이 자식은 애초부터 돈을 뜯어내려는 작정을 하고서 나왔어. 최경호는 애초 신경민을 만나 사실을 알아본 후 차 수리비와 얼마간의 돈을 주어 입을 막아버리려고 작정하고 있었다. 그런데 신경민은 은연중에 최경호가 마치 살인자인 것처럼 말하고 있었다. 신경민이 말하는 투로 보아 아직 경찰에 신고하지 않은 것만은 분명하다.

만약 경찰에 알려진다면? 나중에야 그가 살인자가 아니라는 사실은 밝혀진다고 하더라도 우선 당장 눈앞에 닥친 정해현의 재선거가 문제였다. 최경호가 살인 사건에 연루되어 경찰의 조사를 받는다는 것은 재선거를 치를 정해현에게는 치명적인 악재가 될 것이다. 상대 후보는 이를 빌미로 어떠한 흑색선전이라도 마다하지 않을 것이다. 우선 재선거를 생각한다면 신경민의 입을 막아야 한다.

그런데 신경민이 하는 행동으로 보아 그가 은연중 생각한 것처럼 그냥 푼돈으로 해결될 일이 아닌 것 같았다. 간특하게 빛나는 신경민의 눈이 '나는 당신이 살인자인 줄 알고 있어' 라고 말하고 있었다.

이 자식은 또 그렇다 치더라도, 만약 차 사고를 내고 이 자식에게 명함을 준 사람이 진짜 살인자라면?

그럴 가능성은 충분하다. 정해현의 선거사무실과 호텔 크라운까지는 빠르게 가면 차로 삼십분 정도면 갈 수 있는 거리다. 그는 어젯밤 호텔에 다녀온 열시경 이후로 차가 주차장에 있는지 확인하지 않았다. 이 시간 동안이라면 범인이 살인을 한 후 다시 차를 주차장에 가져다 놓을 수 있는 충분한 여유는 있다.

신경민과의 통화 내용과 이곳에서의 녀석의 말과 태도. 자기도 모르는 사이에 차가 부서져 있었던 사실. 차 사고가 난 시점이 살인 사건이

진실의 파수꾼

카페 소피아(SOPHIA)

– 정 기자, 정말 멋진 한방이었어.

KNB방송 보도국의 유철주柳鐵柱 부장은 벌써 똑같은 말을 세 번째 하고 있었다. 유철주 부장이 말하는 '멋진 한방' 이란 말은 정시영 기자가 김인환 후보의 피살 사건을 현장 중계한 것을 말하는 것이었다. 이 말은 특종이라고 할 만한 보도에 대하여 유철주 부장이 평소 즐겨 쓰는 말이었다.

다른 모든 방송사가 개표 결과의 보도에만 매달려 있을 때, 어느 누구도 상상할 수조차 없었던 당선자의 피살 소식을 그 살해 현장에서 생생하게 중계를 하였으니, 특종도 이만한 특종이 없는 셈이었다.

그러한 특종의 흥분 탓인지는 몰라도, 정시영 기자는 어제 저녁부터 오늘 저녁 마감시간이 지날 때까지 24시간을 한숨도 자지 않고 꼬박 뛰어다녔지만, 그리 피곤함을 느끼지 않고 있었다.

퇴근하려는 정시영 기자에게 유철주 부장이 특종 축하로 한잔 사겠다고 했다.

유철주 부장은 정시영 기자의 대학 칠년 선배였다. 그러나 정시영 기자는 그가 단지 대학 선배라는 이유에서만이 아니라, 그로부터 평소 기자의 직업의식이나 사명의식이 무엇인지, 어떠한 사건에 대하여 어떠한 가치를 부여해야 하는지, 사건에 접근하는 방법 등에 대하여 방송국내의 누구보다도 많은 조언을 받고 있었다. 그래서 그는 평소 유철주 부장을 깍듯이 모셔오고 있었다. 그러한 유철주 부장이 술 한잔 사겠다는데 마다할 이유가 없었다.

두 사람은 홀가분한 마음으로 방송국을 나와 B시 중앙동에 위치한 일식집에 들러 소주를 반주로 하여 저녁을 먹었다.

유철주 부장은 저녁을 먹으면서 어젯밤의 보도와 같은 특종을 터뜨린 정시영 기자가 자기의 후배라는 사실이 정말 대견스럽다는 듯 소주병을 따자마자 건배를 제의하면서 첫 번째로 '멋진 한방' 이라는 말을 했다.

– 그런데 말야? 정 기자? 김인환이 호텔 크라운 804호실에 있다는 사실을 어떻게 알았던 거야?

두 사람이 이미 소주 세병을 비웠을 때, 그제야 생각난 듯 유철주 부장이 물었다. 그 물음은 그때까지 술기운이 아련하게 번져가고 있던 정시영 기자에게 '첫 번째 정보, 호텔 크라운 804호' 라는 음성메시지를 떠올리게 했다.

정시영 기자가 그 음성메시지를 받고 호텔에 가게 되었지만, 정작 그 자신도 그 음성을 누가 보냈는지, 음성을 보낸 자가 어떤 의도를 가지고 있었는지는 생각하지 않고 있었다.

다만, 그 음성 메시지가 김인환이 호텔 크라운 804호실에서 살해되었다는 사실을 그에게만 미리 알려 주려고 했었다는 추측을 하고 있을 뿐이었다. 정시영 기자는 유철주 부장에게 그 음성메시지에 대하여 얘기를 할까 하다가 이내 생각을 바꾸었다.

그 메시지의 주인공은 분명 정시영 기자 혼자에게만 정보를 제공한 것이었다. 어쩌면 그 음성의 주인공이 두 사람만의 은밀한 관계를 유지하고 싶어 한다는 생각이 들었던 것이다.

– 때가 되면 말씀드리겠습니다. 죄송합니다.

기사를 발굴한 기자에 대하여 특별한 경우를 제외하고는 그 취재원에 대하여 묻지 않는 것이 기자들의 세계에서 최소한의 예의다.

– 야, 이거 섭섭하지만 기분 좋은 말인데. 아끼는 후배가 이제 선배에게도 숨겨야 하는 비밀이 생겼다는 것 아닌가. 그래, 나에게도 비밀로 해야만 할 정보원을 두고 있다는 말이지. 정말 축하할 일이야! 그래, 잘 해봐. 그건 그렇다 치고, 정말 멋진 한방이었어. 정말 통쾌한 일이었어.

유철주 부장은 두 번째로 '멋진 한방' 이라는 말을 하고는 정시영 기자가 호텔 크라운에 가게 되었던 경위에 대해서는 더 이상 묻지 않았다.

비록 유철주 부장이 가까운 선배라고 할지라도 정시영 기자가 굳이 취재원을 밝히기를 꺼려하는 마당에 선배라는 권위로 이를 추궁한다는 것은 기자라는 직업에 있어서의 예의에 어긋나는 것이다. 유철주 부장은 사석에서도 이러한 점에 대해서는 언제나 정시영 기자를 같은 기자로서 대우했고, 예의에 어긋나는 행동은 하지 않았다. 선후배 사이지만 공과 사를 명확하게 구분할 줄 아는 이러한 점이 정시영 기자가 유철주 부장을 존경하는 이유였다.

그들이 일식집에서 나왔을 때는 이미 저녁 아홉시가 넘어 있었다. 그들은 이미 상당히 취한 상태가 되어 누가 먼저랄 것도 없이 자연스럽게 이차로 그들의 단골 카페 '소피아'를 찾았다.

카페에 도착한 유철주 부장은 안쪽에 특별히 만들어진 작은 룸에 자리를 잡자마자 양주 한 병과 맥주를 주문했다. 그리고는 대뜸 폭탄주 한잔을 깨끗하게 비우고는 다시 '멋진 한 방'이라는 말을 했다.

그들이 번갈아가며 폭탄주 한 잔씩을 마셨을 때, 유양이라는 아가씨가 유철주 부장의 곁에 앉고, 손양이라는 아가씨가 정시영 기자 옆에 앉았다. 카페에 다른 손님은 없었다.

유철주 부장을 따라 정시영 기자가 처음으로 카페 소피아에 들렀을 때였다. 유철주 부장은 이 카페의 오랜 단골인 성싶었다. 그때도 두 사람은 상당히 취한 상태에 있었다. 그때 유철주 부장은 당시 음주문화의 경향에 대하여 통속적인 한탄을 하고 있었다.

– 요즘의 술집은 멋이라고는 하나도 없어. 황진이나 매월향처럼 술자리에서 시를 읊을 정도는 아니라도 좋아. 우리 선인들이 계곡에 앉

아 시조 가락을 뽑던 것처럼, 그러한 여유까지는 바라지 않는다고 치자. 도대체 누구나 다 술을 마시면 노래를 못 불러 한이 맺힌 사람처럼 왜놈들이 들여다 논 가라오케나 노래방의 마이크를 잡고 목이 쉬도록 고래고래 악을 쓰고 있으니….

유철주 부장이 유양과 손양을 보며 한 말이었다. 유양이라는 아가씨는 얼굴이 가름하고 피부가 하얗고 수줍음이 많은 아가씨였고, 손양은 유난히 긴 목에 그 목을 타고 내린 생머리가 어깨까지 흘러내리고 있었다. 카페 소피아는 손양이 운영하고 있었다.

그 이후로 두 사람이 소피아에 갔을 땐 이 두 아가씨가 항상 있었다.

– 어머, 부장님, 이른 시간인데 벌써부터 이렇게 취하셨어요?

유양이 유철주 부장의 어깨 위로 떨어지고 있었다.

– 그래, 그래. 오늘 취할 일이 좀 있었지. 너희들 오늘이 무슨 날인지 알아?

– 오늘 무슨 좋은 일이 있었던가 봐요. 그렇죠?

손양이 눈을 동그랗게 뜨며 물었다.

– 이놈들아, 너희들은 TV도 안 보니? 어젯밤부터 오늘 하루 종일 정 기자가 홈런 치는 모습을 보지도 않았니? 오늘은 말이야. 정시영의 날이야. KNB방송 창사 이래 최고의 홈런을 친 정시영의 날이야. 자, 정시영의 날을 위하여!

유철주 부장을 따라 모두 잔을 들었다. 정시영 기자가 잔을 비우고 유철주 부장에게 말했다.

– 선배님께서 저를 아무리 치켜세우신다 하여도, 제가 어찌 선배님

의 명성에는 미칠 수가 있겠습니까?

정시영 기자가 자기를 너무 치켜세우는 유철주 부장의 말이 부담스러워 겸손하게 말했다. 정시영 기자의 '명성'이라는 말에 유철주 부장이 갑자기 정색한 얼굴로 정시영을 바라보았다.

아차! 하지 말아야 할 말이 나오고 말았다.

옆에 앉은 유양도, 그리고 정시영 기자 옆에 앉아 있는 손양도 순간 얼굴이 하얗게 굳어지고 있었다.

유철주 부장에게 명성을 안겨 준 그 사건은 아직도 '잠입취재의 새로운 지평'을 연 것으로 평가받는 KNB방송의 전설이었다. 그 사건은 현직 국회의원이 룸살롱에서 여고생 교복을 입은 학생과 함께 마약을 투약한 채 반 나체의 몸으로 성희롱하는 장면을 현장에서 직접 중계한 사건이었다.

유철주 부장이 현장의 목격을 위하여 그 국회의원이 자주 들른다고 하는 룸살롱 앞에서 무려 육개월여 동안을 잠복근무한 후에서야 보도될 수 있었던 사건이었다. 이 보도로 인하여 정치가 등 이른바 사회지도층의 도덕성에 대한 문제가 여론의 지탄을 받게 되었고, 이것이 권력층의 사생활에 대한 대대적 사정의 계기가 되었던 사건이었다.

이 보도로 인하여 유철주 부장에게는 속칭 '잠입보도의 대가'라는 명성이 붙게 되었다. 무려 육개월 동안에 걸쳐 잠복 취재한 끈질긴 기자정신에 대하여 '집념의 보도정신, 잠입보도의 새로운 지평'이라는 전설이 붙게 되었던 것이다.

그러나 이 보도로 인하여 구속된 그 국회의원이 수의를 찢어 교도소의 창틀에 목을 매달아 자살을 하게 되자, 유철주 부장은 엄청난 죄책감을 느끼기 시작했다. 유철주 부장은 마치 자기가 그 국회의원을 살해하기라도 한 것처럼 죄책감을 이기지 못하여 날마다 술에 취했었다. 이러한 날이 계속되자 방송국의 기자는 물론 어느 누구도 유철주 부장의 명성에 대하여 이야기를 하지 않았다. 그 이후 유철주 부장에게 명성을 가져다주었던 이 사건은 유철주 부장 본인은 물론이고, 다른 기자들 모두가 금기로 여기고 있었던 것이다.

그런데 오늘 정시영 기자가 술김에, 그리고 사건 취재의 성공으로 흥분된 상태라 엉겁결에 선배님의 '명성' 이라는 말을 해버림으로써 이제는 유철주 부장의 그 죄책감을 일깨워 버린 것이었다.

그러나 정시영 기자가 이를 생각하고 '아차' 했을 때는 이미 늦어버렸다.

– 명성? 명성이라? 그래, 명성이라고 할 수 있지. 유철주의 명성이지.

유철주 부장은 우울한 목소리로 말했다.

– 죄송합니다. 본의 아니게….

정시영 기자가 황급히 사과를 했다.

– 괜찮아, 괜찮아. 뭐가 죄송하다는 것이야. 유철주에게도 명성이 있다는 것은 좋은 일이지.

유철주 부장이 아무렇지도 않다는 듯 말했다. 그러나 유철주 부장의 목소리는 이미 힘이 빠지고 우울해져 있었다.

– 어머, 분위기가 이상해졌어요. 부장님, 저하고 한잔 하세요.

그때까지 얼굴이 하얗게 굳어 있던 유양이 어색한 웃음을 띠며 분위기를 무마시키기 위하여 나섰다.

– 그래요, 우리 분위기를 바꿔요.

손양도 얼굴색을 바꿨다.

– 그래, 그래, 마시자. 아직도 내 속에서 꺼지지 않는 저주의 불씨를 위하여, 아무리 귀를 틀어막아도 들리는 내 본성의 소리를 위하여, 아무리 삭이려 해도 삭혀지지 않는 내 가슴속 회한을 위하여….

자조 섞인 웃음을 띠며 유철주 부장이 혼자 중얼거리고 있었다.

– 과연 기자란 무엇인가. 과연 기자들이 이 세상의 진실을 참되게 전하고 있을까.

유철주 부장의 이 독백 같은 말에 두 아가씨는 다시 얼굴이 굳어지고 있었다.

– 그래, 정 기자, 정 기자는 어떻게 생각해?

유철주 부장이 이제까지와는 다른 진지한 표정이 되어 말했다.

– 저는 선배님께서 항상 하셨던 말씀을 인용하고 싶습니다. 기자란 진실의 파수꾼이라고.

– 그래, 맞아. 진실의 파수꾼! 그것이 기자의 사명이야. 어떠한 보도라도 진실에 기초를 둔 것이 아니라면 그 보도는 사람을 죽이는 칼이 될 수도 있고, 독약이 될 수도 있어. 그런데 사건에 대한 진실은 무엇으로 판단해야 할까. 단지 어떠한 사건이 발생하였고, 그 사실을 있는 그대로 보도하였다고 하여 그것이 진실에 기초를 둔 것이라고 할 수 있을까. 그 사건이 발생한 원인과 배경은 고려하지 않은 채, 사건의 외형

만을 보도한 것이 진실을 보도했다고 말할 수 있을까. 진실이 배제된, 단지 사건의 외형만을 보도하는 기자는 진실의 파수꾼이라는 가면을 쓴 흡혈귀에 지나지 않아. 그런데 문제는 거의 모든 기자들이 단지 사건의 외형적인 보도에 치중하고 있다는 거야. 특종이라는 외형적 사건에 매달릴 수밖에 없는 기자는 항상 피에 굶주려 있는 거야. 일정기간 피를 마시지 않으면 생명을 유지하지 못하는 그런 흡혈귀와 같이. 어떠한 사소한 일이라도 그러한 일이 발생할 수밖에 없는 원인이 있어. 원인과 결과라는 인과관계 속에서 나타난 결과의 구체적 형태가 사건이라는 외형으로 나타나는 것이지. 그렇다면 기자가 정작 찾아다녀야 할 것은 결과라는 외형에는 드러나지 않는 원인이어야 하지 않을까. 하기야 보도의 신속성이라는 점에서 언제 그 원인을 찾아다니고 있겠나. 어쩌면 원인을 찾아야 할 사람은 법률가이지 기자가 아닐지도 모르지. 그리고 기자는 신속성이라는 명분으로 그것을 합리화시키지. 그러나 결과라는 외형의 형태와 그 형태를 있게 한 원인을 함께 찾았더라면 보도의 내용이 달라졌을 것이고, 그 내용이 지향하는 목표가 달라졌을 것인데도 불구하고, 단지 사건의 외형에 매달려 보도를 하게 된 결과, 돌이킬 수 없는 사태가 발생되어 버렸다면, 이럴 때에 그 외형을 보도한 기자에게는 아무런 책임이 없는 것일까. 보도의 신속성이라는 명분으로 자신을 합리화시키고, 변명을 해버린다고 하여 그의 책임이 없어지는 것일까. 법적인 책임은 없다고 하더라도 최소한의 도덕적인, 인간적인 책임은 져야 하지 않을까. 더구나 기자란 사람이 조금만 더 주의를 기울였더라면 쉽게 그 사건의 원인과 실체에 접근할 수 있었을 터인데, 특종을 잡겠다는 공명심에 빠져, 사건의 외형만을 바라보고 보도를 해버린 경우에 말이야.

말을 하는 동안 유철주 부장의 표정은 다시 어두워졌다. 유철주 부장이 가슴이 답답한 듯 술을 또 들이켰다.

– 오늘 제가 보도한 사건의 얘기를 하시는 거지요?

정시영 기자는 유철주 부장이 하는 말이 단순히 기자란 직업에서의 일반적인 경향을 성토하고 있는 것이 아니라는 생각이 들었다.

– 내 얘기일 수도 있고, 오늘 정 기자가 터뜨린 특종의 얘기가 될 수도 있겠지. 내가 장담하지만 앞으로 정 기자는 오늘의 사건과 관련하여 몇 번의 특종을 터뜨리게 될 거야. 그러나 이것만은 명심해. 사건의 외형에 나타난 것이 그 사건의 실체를 나타내는 것이 아니라는 것이야. 사건의 본질에 접근하고자 하는 노력을 결코 게을리 해서는 안 돼. 그리고 사건은 기자가 발굴하는 것이 결코 아니야. 사건이란 누군가에 의하여 만들어지는 것일 뿐이야. 그리고 사건을 만든 자가 기자를 이용하여 자기의 목적을 달성하고자 하는 경우도 있다는 사실을 항상 염두에 두어야 해.

사건의 실체와 원인, 본질에 접근하라.

정시영 기자는 사건의 본질이라는 유철주 부장의 말이 김인환 피살사건을 보도하여 우쭐해진 그의 공명심에 대한 훈계의 말로 들렸다. 유철주 부장이 그와 같은 말을 한 것은 오늘 사건의 보도에 대한 그의 마음가짐에 대한 경각심을 일깨우기 위하여 일부러 하는 완곡한 충고가 아닐까 하는 생각이 들었다.

사건의 본질에 접근하라.

그러고 보니 그가 김인환의 피살을 보도할 수 있었던 것도 누군가가 보낸 음성메시지 때문이 아니었던가. 그렇다면 오늘의 보도는 정시영 기자의 작품이 아닌 것이다. 사건의 배후에는 분명 누군가가 있는 것이다. 유철주 부장의 말대로 오늘 그가 보도한 사건은 누군가에 의하여 만들어졌고, 그자는 기자인 그를 이용하고 있는지도 모른다는 생각이 들었다. 아니, 첫 번째 정보라는 메시지를 보낸 것으로 보아, 오늘의 사건을 만든 자는 분명 그를 알고 있는 사람이다. 그는 잠시 특종을 터뜨렸다는 자만심에 빠져 이러한 사실을 망각하고 있었던 것이다. 이에 대하여 유철주 부장이 경각심을 가지도록 일깨워 주고 있는 것이다.

정시영 기자는 술도 취해 가고 있었지만 점점 머리를 수그리고 있었다.

카페를 나올 때, 계산을 하는 유철주 부장에게 손양이 낮은 소리로 말했다.

– 부장님, 너무 괴로워하지 마세요. 이제 게임은 시작되었잖아요….

그러자 유철주 부장은 정색을 하며 손가락을 입에 갔다댔다.

– 쉬–.

그때 정시영 기자는 유양의 부축을 받으며 카페 문을 나서고 있었다.

유철주 부장과 헤어져 집으로 돌아가는 택시 안에서 정시영 기자는 그대로 잠들고 말았다.

미 행

최경호는 피살자와 정적관계에 있는 정해현의 보좌관이라는 점에서 유력한 용의자의 한 사람으로 지목될 수 있었다. 그러나 범행시간으로 추정되는 시간에 그가 호텔에 있었고, 호텔을 빠져나가다 접촉사고를 냈다는 사실만으로는 범죄에 대한 직접적인 증거가 될 수 없었다. 따라서 만약 최경호가 범인이라면 유죄를 입증할 직접적인 증거를 찾아야 했다. 최경호의 과거 경력, 성장 과정, 가정환경 등에 대한 일반적인 정보는 차후의 문제였다.

박경일 경위는 먼저 사고를 냈다는 최경호의 차를 조사해 보기로 했다. 신경민은 최경호가 후진을 하다가 피해차량의 앞 범퍼를 들이받았고, 얼핏 보니 최경호의 차도 뒤 범퍼 오른쪽 부분이 파손되어 있었다고 했다. 사고를 낸 차가 최경호의 차라면 그 차의 뒤 범퍼 오른쪽 부분

어딘가에 사고의 흔적이 남아 있을 것이다. 이러한 일을 뒤로 미룬다면 최경호가 사고의 흔적을 지워버릴 수도 있다는 생각이 들었던 것이다.

박경일 경위는 소형 카메라를 가지고 정해현의 선거사무실이 있는 D빌딩 지하주차장으로 갔다.

그는 먼저 지하 일층 주차장에 주차된 차들 중에서 최경호의 4897 승용차를 찾아보았다. 그러나 약 삼십여 대의 차들 중에서 최경호의 차는 보이지 않았다. 박경일 경위는 다시 지하 이층 주차장으로 갔다.

그때 마침 엘리베이터 문이 열리며 검은 양복을 입은 남자가 나오는 것이 보였다. 검은 사각 서류가방을 들고 있었다. 남자는 양복주머니에서 검은 안경을 꺼내어 착용하고 있었다. 박경일 경위는 사고 당시 최경호가 검은 안경을 착용하고 있었다는 신경민의 말을 떠올렸다.

저 남자가 최경호일지도 모른다.

박경일 경위는 방금 주차를 하고 내리는 사람처럼 자연스럽게 행동하며 그 남자가 걸어가는 방향을 따라 시선을 옮겼다. 이윽고 남자가 주차되어 있는 한 승용차 앞에 걸음을 멈추었다.

박경일 경위의 시선이 번호판에 멈추었다. 4897, 최경호의 차였다.

신경민이 말하는 인상착의에 비추어 그 남자는 최경호가 틀림없었다.

최경호 뒤를 따라가 보면 뭔가 단서가 잡힐지도 모른다.

박경일 경위는 최경호가 시동을 거는 모습을 보고, 급히 그의 차를 세워둔 지하 일층으로 뛰었다. 박경일 경위가 헐레벌떡 계단을 뛰어올라 막 차의 시동을 걸었을 때, 지하 이층에서 올라온 최경호의 차가 출구를 빠져나가는 모습이 보였다. 박경일 경위는 최경호의 차를 따라 주차장을 빠져나왔다. 최경호의 차가 도로로 접어들었을 때, 신호등에 걸려 놓치지 않도록 일정한 차간 거리를 유지하면서 뒤를 따라가기 시작했다.

약 십분 정도를 달렸을 때, 최경호가 도로변의 B은행 간판이 붙은 건물의 주차장으로 들어갔다.

박경일 경위는 함께 들어갈까 망설이다가 혹시나 최경호가 자신의 미행을 눈치 챌 염려가 있다고 판단하여 B은행의 건물 앞 도로변에 차를 세웠다.

그는 최경호보다 먼저 은행에 들어가 고객용 소파에 앉아 비치된 여성잡지를 뒤적이며 최경호를 기다렸다.

주차장으로 나 있는 출입문을 통하여 최경호가 나타났다. 마침 최경호가 그가 앉아 있는 소파 쪽으로 왔다. 최경호가 서류가방을 소파 앞에 있는 키 큰 원형 탁자 위에 놓았다. 최경호가 탁자의 유리판 아래 서랍에 비치된 예금청구서를 꺼내어 작성했다.

출금 창구로 간 최경호가 예금청구서를 은행직원에게 주고 돌아서 마침 박경일 경위가 앉아 있는 소파로 와서 곁에 앉았다.

최경호가 검은 안경을 쓴 채로 고개를 돌려 박경일 경위가 뒤적이고 있는 여성잡지를 들여다봤다. 박경일 경위는 그제야 의식한 것처럼 자연스럽게 최경호를 바라보았다. 최경호는 턱까지 이어진 구레나룻을 민 수염자국 때문인지 강인한 인상을 풍겼다.

박경일 경위는 이내 고개를 돌렸다.

조금 후 은행창구에서 '박영애 고객님' 하는 마이크 음성이 흘러나왔다.

최경호가 자리에서 일어나 은행 창구로 갔다.

– 박영애 고객님. 현금으로 찾으시죠?

은행 창구 직원이 최경호에게 말했다.

최경호가 은행 창구 직원이 건네는 현금 다발을 서류봉투에 담고 있었다. 박경일 경위가 멀찌감치 현금 다발의 개수를 헤아려보니 만 원권 묶음 열개였다. 최경호가 만 원권 묶음 다섯 개 씩을 서류 봉투 하나씩에 나누어 가방에 넣었다.

천만 원.

박경일 경위는 시계를 보았다. 시계는 10:45분을 가리키고 있었다. 수첩을 꺼내어 '최경호, 10:45, 박영애 명의의 통장에서 천만 원 인출, B은행 ○○지점' 이라고 적었다. 그리고 먼저 은행을 나와 차에 올랐다. 그가 운전석에 앉으니, 차의 전면 유리창 블라인더 사이에서 주차위반 딱지가 꾸벅 인사를 하고 있었다. 이런 우라질!

박경일 경위는 다시 내려 딱지를 뽑아 구겨 도로변에 있는 쓰레기통에 던져 넣었다. 최경호의 차가 주차장을 빠져 나와 박경일 경위의 차를 지나치고 있었다. 박경일 경위는 다시 최경호의 차를 따라가기 시작했다.

약 오분쯤 달렸을 때 사거리의 넓은 교차로가 나타났다.

최경호의 차는 이미 교차로로 진입하였다. 박경일 경위의 차가 막 교차로로 진입하려는 순간 적색 신호등이 들어왔다. 신호등을 무시하고 교차로로 그대로 진입하기에는 너무 위험했다. 박경일 경위는 별 수 없이 차를 멈춘 채 신호가 바뀌기를 기다렸다.

이대로 놓쳐버리는 것이 아닐까.

최경호의 차는 이미 교차로를 지나 시야에서 멀어져가고 있었다. 신호가 바뀌는 황색등이 들어왔을 때 박경일 경위는 이미 차를 출발시키고 있었다. 최경호가 나아간 방향으로 약 삼분 정도를 달렸을 때, 다행히 신호에 걸려 정차 중인 최경호의 차가 눈에 들어왔다.

박경일 경위의 차가 최경호의 차에 접근할 무렵 신호가 다시 바뀌면서 최경호의 차가 출발했다. 박경일 경위는 1차선을 따라 가고 있는 최경호가 의식하지 못하도록 일부러 3차선으로 주행했다. 최경호의 차가 2차선, 3차선으로 천천히 차선을 변경하더니 도로를 벗어나 우측으로 꺾인 왕복 2차선의 이면 도로로 접어들었다. 박경일 경위는 최경호의 차에 너무 근접하면 행여 최경호가 미행을 눈치 챌 수도 있다는 생각에서 일부러 속도를 늦추어 최경호의 차가 우측 이면도로로 완전히 사라진 다음에 이면도로로 진입했다.

최경호가 얼마 떨어지지 않은 도로변에 차를 세우고 내렸다. 박경일 경위는 최경호의 차와 약 오십 미터 정도 떨어진 뒤쪽에 차를 세웠다. 차에서 내린 최경호가 주위를 한번 둘러보고는 서류 가방을 들고 인도와 접하여 있는 건물 안으로 사라졌다.

박경일 경위는 카메라를 들고 차에서 내렸다. 최경호가 건물로 들어간 틈을 타 최경호의 차를 살펴볼 생각에서였다.

그때 반대편 차선의 도로변에 자주색 소형 승용차 한 대가 멈추고 한 남자가 내렸다. 그가 왕복 2차선의 이면도로를 무단 횡단하여 최경호의 차 쪽으로 건너가고 있었다.

아니, 저 친구는? 신경민이었다.

신경민이 최경호가 들어간 건물로 들어가고 있었다. 박경일 경위는 최경호와 신경민이 들어간 건물 앞으로 급히 달려갔다. 건물은 '까뮈' 라는 간판이 붙은 찻집과 주점을 겸하는 카페였다.

신경민이 여기에 왜 왔을까?

분명 신경민은 최경호를 만나러 온 것이란 생각이 들었다. 두 사람이 건물로 들어간 사이에 그는 도로변의 최경호의 차를 살펴보았다. 차의 앞 범퍼는 군데군데 칠이 벗겨지고 낡은 것이지만, 뒤 범퍼는 깨끗하였다. 범퍼를 교체하였구나. 최경호의 차의 뒤 범퍼는 최근에 새것으로 교체된 것임을 한눈에 알 수 있었다.

박경일 경위는 먼저 차의 전체 모습을 찍고, 다시 뒤 범퍼가 새것으로 교체한 것임을 알 수 있도록 앞 범퍼와 뒤 범퍼를 비교하여 사진을 찍었다. 그리고는 도로를 건너가 신경민이 타고 왔던 소형 자동차의 전경을 촬영하고, 두 사람이 들어간 '까뮈' 라는 상호의 간판과 최경호의 차가 한꺼번에 나올 수 있도록 다시 사진을 찍었다.

혹시, 최경호와 신경민이 '까뮈' 에서 만난 사실을 입증해야 할 필요가 있을지도 모른다. 박경일 경위는 뒤로 한참을 물러나 신경민의 차와 최경호의 차, 그리고 '까뮈' 라는 간판이 붙은 건물이 함께 나타나도록 원거리 사진을 찍었다. 건물에서 최경호가 나오는 것이 보였다. 다행히 박경일 경위가 원거리 촬영을 위하여 뒤쪽으로 한참을 내려와 있었기 때문에 최경호가 그를 발견할 염려는 없었다.

최경호의 차가 떠나고 있었다. 이제는 더 이상 최경호를 미행할 필요가 없다. 이제는 신경민을 추궁하여 최경호와의 사이에 무슨 일이 있었는지를 알아내는 것이 중요했다. 아직 신경민은 건물에서 나오지 않고 있었다.

박경일 경위는 신경민의 차로 갔다. 마침 신경민의 차 옆에 담배를 파는 조그만 가게 하나가 눈에 띄었다. 시간은 벌써 11시 30분을 지나고 있었다. 아침을 먹지 않아 허기가 졌다.

가게로 가서 식빵 한 개와 우유를 샀다. 그가 우유를 마시며 식빵 한 조각을 씹고 있을 때, 신경민이 나오는 것이 보였다. 신경민의 손에는 서류 봉투 두 개가 들려 있었다. 최경호가 은행에서 출금한 돈을 넣었던 봉투였다. 신경민이 다시 도로를 무단 횡단하여 운전석에 앉는 모습이 보였다.

순간 박경일 경위가 달려가 조수석의 문을 열고 옆자리에 앉았다. 신경민이 들고 왔던 돈이 든 서류 봉투가 박경일 경위의 엉덩이에 깔렸다. 신경민이 깜짝 놀라며 말했다.

– 아니, 누구…?

– 자식아. 머리에 피똥도 마르지 않은 놈이 벌써부터 공갈이나 치고 다녀.

박경일 경위가 왼손으로 신경민의 뒤통수를 올려 부치며 윽박질렀다.

– 공갈이라니요? 아니, 경찰이면 남에 차에 함부로 올라타 막무가내로 사람을 구타해도 되는 겁니까?

– 이 자식 봐라. 구타? 너 진짜 구타 한번 당해 볼래?

박경일 경위가 이번에는 신경민의 머리에 꿀밤을 한 대 먹이면서 말했다.

– 정말 왜 이래요?

신경민이 대들었다.

– 가만 있어 임마. 어디 보자. 야, 이거 열 묶음이나 되네. 이 자식 이거 간덩이가 부어도 보통 부은 게 아니군.

박경일 경위가 엉덩이 밑에서 돈이 든 서류봉투를 꺼내면서 말했다.

– 왜 남의 돈을 가지고 그러세요?

– 야, 이 자식아. 이게 네 돈이야? 최경호에게서 공갈쳐서 뺏은 돈이지.

최경호라는 이름에 신경민이 단박에 수그러들었다.

– 공갈을 치기는 누가 공갈을 쳤다는 거예요?

– 야, 이 자식아. 최경호 보좌관이 네놈이 협박을 한다는 전화를 했어. 이래도 딴소리 할 거야?

한 시간 후.

사무실로 돌아온 박경일 경위는 신경민을 조사실의 책상 앞에 앉히고 실랑이를 하고 있었다.

– 똑바로 말해. 최경호가 너에게 돈을 준 이유가 뭐야?

– 도대체 몇 번이나 말해야 되겠어요?

– 신경민, 똑똑히 들어. 단지 사고 사실을 신고하지 말라는 대가로 천만 원이나 되는 돈을 주었다는 것이 상식에 맞는 말이라고 생각해? 최경호와 너 사이에 무슨 일이 있었기에 돈을 주었을 것이 아냐?

– 정말이에요. 이제까지 말씀드린 것이 전부 다예요. 제가 왜 거짓말을 하겠어요?

– 너, 호텔에서 일어난 살인 사건과 관련이 있지? 그 사건과 관련하여 최경호가 너에게 돈을 주었을 것이고? 그렇지 않아? 괜한 고생 말고 빨리 자백해.

– 아이고, 생사람 잡지 마세요. 제가 관련이 있다면 왜 제가 먼저 경찰에 알렸겠어요. 최 보좌관님이 관련이 있는지 없는지는 모르지만, 저는 정말 아무 관련이 없어요. 정말이에요.

– 좋아, 자꾸 그렇게 우기니까 그렇다고 치자. 네 말대로라면 그러니까, 최경호가 너에게 전화를 하여 만나자고 했다. 최경호를 만난 자리에서 네가 은근히 살인 사건을 내비치며 사고 사실을 경찰에 제보하겠다고 협박을 하면서 큰 것 한 장을 요구하니, 최경호가 돈이 준비되지 않았다고 하면서 오늘 만나자고 했다. 그래서 오늘 최경호와 약속한 장소에서 만나 돈을 받았다, 이 말이지?

– 아니, 제가 협박한 것이 아니고요. 그리고 제가 돈을 직접 요구한 것도 아니고, 그냥 큰 것 한 장 정도는 있어야 되지 않겠느냐 하는 식으로 한번 말을 해봤던 것뿐이에요. 사실 최 보좌관님께서 돈을 주겠다고 하지 않았다면 저는 부서진 범퍼 값만 받고 말 참이었단 말이에요.

– 야, 신경민. 꼭 칼이나 총을 들이대고 '돈을 내 놔라' 해야 협박이나 공갈이 되는 줄로 아니? 네가 그냥 한번 해봤다는 말은 '살인 사건이 일어난 장소와 시간에 왜 최 보좌관 당신 같은 사람이 있느냐. 당신이 살인과 관련이 있는 사람이 아니냐. 여차하면 당신이 살인 현장에 있었다는 사실을 경찰에 알리겠다. 그러니 알아서 큰 것 한 장쯤은 내 놔라.' 하는 그런 뜻으로 한 말이잖아. 그렇지?

– ….

– 야, 이 자식아. 그렇다면 그게 협박이고 공갈이지, 협박이나 공갈이 따로 있는 줄 알아? 이 자식 이거 칼 든 놈보다 더 나쁜 놈이잖아. 자, 지금부터는 내가 묻는 말에 대답만 해. 조서 정리할 테니까.

박경일 경위는 혹시나 신경민을 통하여 살인 사건에 대한 최경호의 연루 사실 또는 단서가 될 만한 다른 사실이 드러나지도 않을까 하는 생각에서 무려 세 시간 동안이나 윽박지르고, 으르고 달랬다. 그러나 신경민의 대답은 한결같았다. 신경민의 말대로 사고 사실을 제보한 점에 비추어 보면 그가 거짓말을 하고 있는 것 같지는 않았다.

박경일 경위가 돈을 갈취한 신경민의 행위에 대한 조서를 작성하고 나니, 이미 퇴근시간이 가까워져 있었다. 최경호가 신경민에게 천만 원을 주면서까지 사고 사실을 은폐하고자 했다는 것은 그의 혐의를 더욱 가중시키는 중요한 단서가 될 수 있는 일이다.

박경일 경위는 신경민의 갈취행위에 대한 신병처리와 최경호가 신경민에게 돈을 주었다는 사실에 대한 검토를 위하여 수사과장과 함께 검찰청의 김용훈 검사에게로 갔다.

– 오는 도중에 박 경위와 의논한 일이지만, 지금으로서는 최경호가 가장 유력한 용의자라고 할 수 있습니다. 그래서 신경민의 갈취행위에 대한 피해자 진술조서를 작성해야 한다는 명분으로 자연스럽게 최경호에게 접근하여 태도를 보는 것이 어떨까요? 그리고 어차피 신경민을 처리하기 위해서는 피해자인 최경호의 진술이 필요하고….

수사과장이 김용훈 검사에게 앞으로의 수사방향에 대해 건의를 했다.

– 그것 좋은 생각이네요. 그렇게 합시다. 그 일은 박 경위님께서 직접 해주시고요. 주의할 점은, 잘 아시겠지만, 현재로서는 최경호가 살인 혐의에 대해 조사를 받는다는 생각을 할 수 없도록 자연스럽게 행동하시라는 것입니다. 그리고 신경민, 이 친구는 석방하도록 합시다. 어차피 과장님의 말씀대로 피해자인 최경호의 진술이 없는 마당에는 마냥 구금시켜 놓고 있을 수도 없는 일입니다. 그러나 석방을 하되 혹시나 도주를 하거나, 최경호와의 사이에 살인과 관련된 다른 일이 있을지도 모르니 수사관을 전담 배치하여 24시간 밀착 감시하도록 해 주세요. 오늘 박 경위님께서 많은 일을 하셨네요. 정말 수고하셨습니다.

박경일 경위와 수사과장이 김용훈 검사의 방을 나서려고 할 때, 김용훈 검사가 그제야 생각난 듯이 다시 말했다.

– 아, 참! 깜빡할 뻔했네요. 미리 말씀드리는 건데. 피살자의 부검 일시가 확정되었습니다. 내일 오후 세시에 부검을 실시할 예정입니다. 박 경위님과 최수환 경위님은 저와 함께 부검에 참여할 수 있도록 해 주십시오. 두 분 외에 부검에 참여할 감식반에도 조치를 하여 주시고

요. 피살자의 가족이나 친지 중에서 부검에 참여할 사람을 미리 확보하여 주십시오.

– 어쩐 일로 영감님께서 직접 부검에 참여하겠다고 하는 거야. 그러니까 사람은 일단은 높은 자리에 있고 볼 일이야.

김용훈 검사의 방을 나와 검찰청 복도를 걸어 나오면서 수사과장이 말했다. 변사자 또는 피살자의 두개골을 절단하고 복부를 절개하여 그 속의 장기의 상태를 살펴봐야 하고, 그 장기 속의 내용물까지도 검사하는 등의 부검에 참여하는 일은 고통스럽고 메스꺼운 일이었다. 그래서 대개의 변사자나 피살자의 부검에는 수사검사가 직접 참여하지 않고, 검사의 지휘를 받아 부검에 참여한 경찰이 작성한 부검조서만을 수사기록에 편철하게 한다. 그리고 검사는 이 부검조서를 토대로 변사자가 자살이냐, 타살이냐 하는 등 전체 사건의 내용을 파악하는 것이 일반적인 사건에 있어서의 수사의 흐름인 것이다.

수사과장이 한 말은, 이와 같이 일반적인 경우와는 달리 피살자가 변호사이고 국회의원 당선자라는 신분이다 보니, 수사검사가 직접 부검에 참여하는 것이 아니냐는 시니컬한 의미를 내포하고 있었다. 또한 부검과 같은 고통스럽고 메스꺼운 일은 항상 경찰에게 떠넘기는 검사들에 대한 불만과 수사 관행을 꼬집어 말한 것이었다. 그런 수사과장의 말에는 실제 수사는 경찰이 하는 것인데도 불구하고 수사권의 독립이 이루어지지 않아 검사의 지휘를 받아야 하는 현실을 비꼬는 것이기도 했다.

박경일 경위가 다시 서로 돌아와 신경민을 귀가시키는 조치를 취하고 퇴근 준비를 하고 있을 때 언제 왔는지 정시영 기자가 다가와 말을 걸었다.

– 뭐, 새로운 소식이 없어?

– 없어.

박경일 경위는 손을 흔들며 짤막하게 말하고는 사무실을 나섰다.

– 야, 그러지 말고 저녁이나 먹으러 가자.

정시영 기자가 박경일 경위를 따라붙으며 말했다. 저녁을 핑계로 어떤 정보라도 얻고자 하는 정시영 기자의 의도가 눈에 들어왔다.

– 일없어. 일찍 집에 들어가서 좀 쉬어야겠어.

박경일 경위는 따라붙는 정시영 기자를 뿌리치고 사무실을 나왔다. 밖은 이미 어두워져 있었고, 거리에는 네온의 간판들이 번쩍거리고 있었다.

저 불빛이 사라지는 어둠 속으로 어느 누군가를 겨냥한 음모가, 어느 누군가를 삼키기 위한 배신이, 어느 누군가를 저주하는 증오가, 어느 누군가를 파멸시키기 위한 복수가 꿈틀거리고 있을 것이다.

박경일 경위는 안타까운 마음으로 걸음을 옮겼다.

부 검

B대학병원 영안실

– 부검을 하기 전에 신체 외부의 상처 부분을 다시 한 번 살펴봅시다.

부검 준비를 마치자, 김용훈 검사가 집도의사에게 말했다.

부검에는 김용훈 검사가 참여하는 외에 경찰에서 박경일 경위, 최수환 경위 및 감식반의 이호일, 최우찬 경장이 참여하였고, 피살자의 친족으로서 피살자의 조카라고 하는 김우열 및 동생이라고 하는 김경환이 참여하였다.

– 잠깐, 그것은 머리카락 아닙니까?

집도의사와 함께 피살자의 목에 나타난 자상 부위를 정밀검사하고 있던 박경일 경위가 칼에 의하여 절단된 좌측 귀 아래 부분의 피부 사이에 끼여 있는 검은 이물질을 발견하고 말했다.

그 이물질은 절단된 상처 부위에서 흘러나온 피에 엉켜 붙은 채, 절단된 피부 사이의 끝에 박혀 있어 얼핏 육안으로는 엉켜 붙은 피와 쉽게 구별이 되지 않았다.

박경일 경위의 말에 따라 자상 부위를 검사하던 집도의사가 피부 사이에 끼여 있는 검은 이물질을 꺼냈다. 집도의사의 수술용 집게에는 피에 엉켜 붙은 머리카락 한 올이 들려 있었다.

부 검 조 서

김인환에 대한 살인사건과 관련하여 ××××. ×. ×. B지방검찰청 검사 김용훈은 B시 중부경찰서 사법경찰관 경위 박경일, 최수환을 참여시키고 법원판사 변경훈의 영장을 발부받아 B대학병원 영안실에서 경찰공의 B대학병원 외과의사 박상훈의 집도로 다음과 같이 부검하다.

1. 부검의 일시 및 장소

××××. ×. ×. 15:00경부터 동일 16:20경까지

2. 부검의 목적

가. 사인을 판명하여 자, 타살 여부를 규명함에 있음.
나. 외견상 타살인 경우로 추정되는바, 이 경우에 있어서의 사체에 나타난 범행의 단서를 조사함에 있음.

3. 부검의 대상

성　　　명　김 인 환
생 년 월 일　19××. 10. 2.생
주민등록번호　××1002 - 1××××××
본　　　적　충남 ○○군 ○○면 ○○리 456
주　　　거　B시 ○○구 ○○동 H아파트 507동 705호
직　　　업　변호사(제15대 국회의원 당선확정자)

4. 집도의사

B대학병원 외과의사 박상훈(면허번호: 1××××)

5. 부검의 참여인

1) 주거 : 서울 성북구 ○○동 265
피살자와의 관계: 동생
성명 김경환(××0913-1××××××)

2) 주거 : 위 1)과 같음
피살자와의 관계: 조카
성명 김우열(××1215-1××××××)

3) B지방검찰청 검사 김용훈,
B시 중부경찰서 수사과 강력계 경위 박경일, 최수환,
감식반 경장 이호일, 최우찬

6. 부검사항

가. 외견상 소견

○ 신장 175㎝

○ 후두부 좌측 찰과상 2㎝ X 0.5㎝ 및 타박상(멍자국) 4㎝ X 3.5㎝

○ 후두부 중앙 두피 자상 2.5㎝ X 2.5㎝, 출혈, 두개골 함몰 3㎝ X 3㎝

○ 안면부 동공 확장외 특이 소견 없음.

○ 우측쇄골상부에서 좌측 귀 아래 부분에 이르는 자상 길이 15.2㎝ X 폭 0.5㎝ X 깊이 3㎝, 기도 절단

○ 좌측하지 경골 후부, 화상흔 2곳(앞 1㎝ X 0.5㎝, 뒤 0.3㎝ X 0.2㎝)

○ 우측하복부 수술흔(맹장)

○ 하복부중앙(배꼽) 타박상(멍자국) 15㎝ X 10㎝

○ 우측주관절(팔꿈치) 타박상 1.5㎝ X 1㎝

○ 우측손목관절 골절흔 - 어릴 적 생성된 것으로 보임

나. 내표상 소견

1) 두부

○ 두피하출혈 - 후두정부 좌측 4㎝ X 3.5㎝

○ 두개강내소견 - 경막 상하 혈액 및 혈종

○ 후두부 중앙 두개골 함몰(직경 3㎝)에 의한 출혈

○ 대뇌무게 : 310㎎ - 특이 소견 없음

○ 소뇌무게 : 185㎎ - 특히 소견 없음

2) 흉복부 소견

○ 흉부 : 흉골하 근육하 출혈(외부적 충격에 의한 것으로 보임)

○ 심장 : 무게 395mg - 크기 15cm X 폭 13cm X 높이 5cm
대동맥 직경 2.4cm
관상동맥 기시부 직경 4mm
대동맥후 외벽 출혈 2cm X 1.5cm

○ 폐 : 무게 990mg - 크기 28cm X 폭 15cm X 높이 4.5cm
심한 울혈
좌, 우측 폐장 늑막과 심한 유착
전반적 울혈

○ 좌측신장 : 250g - 크기14cm X 폭 7cm X 높이 4cm, 특이 소견 없음

○ 간장 : 암갈색 - 특이 소견 없음

○ 담낭 : 50g - 특이 소견 없음

○ 소장, 대장 : 팽창외 특이 소견 없음

○ 위장 : 일부 염증, 팽창외 특이 소견 없음

○ 위 내용물 : 쌀알과 고기 찌꺼기 있는 내용, 위 점막 전반적 출혈

○ 비장 : 무게 125g - 크기 11cm X 폭 6.5cm X 높이 2cm
특이 소견 없음

○ 췌장 : 특이 소견 없음

3) 생식기

특이 소견 없음

다. 직접 사인

○ 직접사인 : 출혈과다로 인한 심폐정지

○ 중간 및 선행사인 : 두개골 함몰로 인한 뇌기능 정지(의증)

라. 가검물 채취 및 감정의뢰

부검에 대하여 혈액 및 간, 뇌, 심장, 신장, 위액, 좌측 배부(어깨, 종아리, 허벅지), 우측 배부 표피를 채취, 국립과학연구소에 감정 의뢰함.

특히 우측 쇄골상부(목)의 자상에서 발견된 머리카락이 피살자의 것과 동일한 것인가의 여부에 대하여 국립과학연구소에 감정의뢰함.

본 부검을 명백히 하기 위하여 사진 35매를 촬영하고 본 조서 말미에 첨부하다. 이 부검은 ××××. ×. ×. 15:00경에 시작하여 16:20경에 끝나다.

××××. ×. ×.

B지방검찰청

검사 김용훈

부검에서 나타난 피살자의 외견상 소견에 의하면 범행에 사용된 도구는 세 가지였고, 이러한 사실에 의하면 범행은 최소한 두 명 내지는 세 명 이상의 공범에 의한 것으로 여겨졌다.

첫째는 피살자의 후두부 좌측에 나있는 찰과상 및 타박상을 입힌 도구였다. 피살 현장에 깨진 유리병 조각이 산재해 있었던 점에 비추어 이 상처는 유리병에 맞아서 생긴 상처인 것으로 추정할 수 있었다.

두 번째는 피살자의 후두부 중앙의 두개골 함몰을 가져오게 한 도구였다. 피살자의 두개골 함몰 부분이 직경 3㎝ 정도의 원형이라는 점에서 이 상처는 둥근 쇠망치에 의한 것으로 추정되었다.

세 번째로 피살자의 직접 사인이 된 것으로 여겨지는 우측쇄골상부에서 좌측 귀 아래 부분에 이르는 자상을 가져오게 한 도구였다. 이것은 일견하더라도 칼에 의한 상처가 분명했다.

그런데 범행이 한 사람에 의한 단독범행이라면, 적어도 유리병과 망치 또는 유리병과 칼이라는 두 가지 도구만을 사용하더라도 충분하였을 것이다. 그런데도 굳이 유리병과 망치, 칼이라는 세 가지 도구가 사용되었다는 점, 한 사람의 범인이 이러한 세 가지 도구를 한꺼번에 사용할 수는 없었을 것이라는 점에서, 이 사건 범행에는 최소한 두 명 이상의 공범이 있었다는 추론이 가능했다.

즉 이 사건 범행은 유리병으로 피살자의 후두부 좌측을 내려친 사람, 망치로 뒷머리 중앙을 가격한 사람, 칼로 목을 그은 세 사람의 공범에 의한 것이거나, 유리병과 망치, 망치와 칼, 칼과 유리병이라는 두 개의 도구를 한 사람이 사용하고 또 한 사람은 나머지 도구를 사용하였다고 가정하였을 때의 두 사람의 공범에 의한 범행일 가능성이 더욱 높은 것이다.

박경일 경위는 피살 현장 및 범행에 사용된 도구를 통하여 피살자가 살해될 당시의 상황을 그려보았다.

살해현장에 산재해 있던 깨진 유리조각은 샴페인 병의 조각이었다. 샴페인은 대개 생일이나 기념일을 축하하기 위하여 사용되는 음료다. 그렇다면 범인은 어떤 일에 대한 축하를 명분으로 피살자에게 접근했을 것이다.

피살자에게 축하할 일은 무엇인가. 그것은 피살자가 국회의원에 당선됐다는 사실이다. 그렇다면 범인은 피살자가 알고 있는 사람일 가능성이 높다. 그것도 아주 가깝게 지내는 사람일 가능성이 농후하다. 범인은 피살자가 국회의원에 당선됐다는 축하를 하기 위하여 접근한 후에 먼저 샴페인 병으로 피살자의 머리 뒤쪽을 가격했다. 이때 피살자는 범인의 의도를 전혀 알아차리지 못한 무방비 상태에 있었을 것이다. 그것은 살해현장에 피살자의 반항 흔적이 전혀 보이지 않았던 점과 부합한다. 불의의 공격을 받은 피살자가 비틀거리는 순간, 또는 피살자가 순간적으로 쓰러진 순간 범인 중의 다른 한 명이 망치로 피살자의 뒷머리를 가격했을 것이다.

샴페인 병으로 공격을 한 사람과 망치를 사용한 사람은 다른 사람일 가능성이 많다. 왜냐하면 샴페인 병을 든 사람이 동시에 망치를 소지하고 있었다면 피살자가 이러한 사실을 알고 저항하였거나, 범인의 행동이 부자연스러웠을 것이기 때문이다. 범인이 휘두른 망치에 완전히 의식을 잃은 피살자를 망치를 사용한 범인 또는 공범 중의 다른 한 사람이 피살자의 목을 칼로 찔렀다. 이러한 살해 당시의 상황을 그려보면 범행에는 최소한 두 명 아니면 세 명의 공범이 있었다는 결론에 이른다.

그렇다면 당선 축하를 명분으로 피살자에게 쉽게 접근할 수 있는 사람은 누구인가. 피살자의 가족이나 친척, 피살자 진영의 선거관계 종사자 또는 피살자와 개인적으로 극히 친한 관계에 있는 사람, 그리고 이런 사람들 중에서도 사건 발생 당시 피살자가 살해현장에 있다는 사실을 알고 있었던 사람이어야 한다. 따라서 수사는 이러한 사람들을 대상으로 그 범위를 축소해 나가야 한다.

이러한 사람들 외에 피살자에게 쉽게 접근할 수 있는 사람은 누구인가. 특히 범인이 피살자와 정적관계 또는 대립관계에 있는 사람이라고 가정했을 때, 피살자에게 쉽게 접근할 수 있는 사람은 누구인가.

피살자와 정적관계에 있는 사람은 국회의원 정해현이다. 정해현 진영의 사람이 피살자에게 접근할 수 있는 방법은 무엇인가. 그것은 당선축하 인사이다.

범행 시간은 피살자가 당선이 확정된 직후의 시점으로 추정된다. 상대방 진영에서 패배를 인정하고 승리자에게 당선축하를 하기 위해 왔다는 명분으로 쉽게 접근했을 가능성은 충분하다. 이때 피살자는 승리의 기분에 들떠 축하를 하러 온 사람의 살해 의도를 전혀 의식하지 않고 있었을 것이다. 더구나 피살자의 살해 시점을 전후한 정해현의 보좌관 최경호의 행동은 상식을 벗어나고 있다. 이러한 점에서 공범 중의 한 사람이 최경호일 가능성은 충분하다.

최경호는 공범과 함께 피살자의 소재를 파악한 후 당선 축하를 하러 왔다는 명분으로 살해현장을 방문했을 것이다. 이때 최경호는 축하를 위한 샴페인 병과 꽃다발 정도를 준비했을 것이다. 호텔을 방문한 최경호가 피살자에게 정해현의 보좌관이라고 자신을 소개한 후 당선을 축하하는 꽃다발을 보냈다고 하면서 접근한다. 이때 최경호가 피살자에게 꽃다발을 건네는 척하면서 전혀 무방비 상태에 있는 피살자를 샴페인 병으로 가격한다. 그리고 공범 중의 누군가가 망치로 두 번째 공격을 가한 후, 마지막으로 피살자의 목에 칼을 꽂는다. 이와 같은 상황은 충분한 가능성이 있지 않은가.

부검에서 나타난 사실과 살해 당시의 상황에 대한 이와 같은 추리를 하면서 부검조서를 작성하는 동안 박경일 경위는 부검에서 발견된 머리카락이 틀림없이 피살자의 것은 아닐 거라는 예감이 들었다. 피살자의 직접 사인이 된 자상의 피부 사이에서 발견된 머리카락이 피살자의 것이 아니라면, 그것은 반대로 범인의 머리카락임을 의미하는 것이다. 범인들은 살해 현장에 범행의 단서가 될 만한 어떠한 것도 남기지 않을 정도로 용의주도하게 범행을 하였다. 그러나 칼로 피살자의 목을 베는 순간 자신의 머리카락 한 올이 떨어졌다는 사실은 범인 자신도 미처 생각하지 못했을 것이다. 그렇다면 피살자의 목에서 발견된 머리카락의 주인을 추적하면 범인의 윤곽은 쉽게 드러날 것이 아닌가. 이러한 경우 사건은 이외로 쉽게 끝날 것이다.

박경일 경위는 부검조서를 작성한 후 수사과장과 함께 김용훈 검사에게 가서 앞으로의 수사방향에 대하여 의논하였다.

여기에서 피살자의 목에서 발견된 머리카락의 존재여부를 공개할 것이냐의 문제가 대두되었다. 범인은 범행 당시 자신의 머리카락이 피살자의 목에 들어간 사실은 전혀 생각하지 못하고 있을 것이다. 아마도 피살자의 몸에서 범인의 것으로 보이는 머리카락이 발견되었다는 사실의 공개는 범인에게는 전혀 예기치 못한 기습이 될 것이다.

그들은 머리카락이 발견된 사실을 공개하기로 결정하였다.

언론에서도 사건 발생 후 수일이 지나도록 어떠한 단서조차 못 찾고 있는 수사진을 질타하고 있었다. 언론을 무마하기 위해서나, 범인에게 기습을 가하기 위해서라도 공개할 필요성이 있었다.

지금까지의 수사에 나타난 유력한 용의자는 최경호였다. 최경호가 범인이라면, 그는 자신의 머리카락이 피살자의 목에 떨어졌다는 것을 전혀 생각지도 못하고 있을 것이다. 그런데 이 사실을 공개한다면 최경호는 이를 은폐하거나, 또는 합리화하기 위한 어떤 수단 또는 태도를 보일 것이다. 그렇다면 현재의 시점에서 가장 유력한 용의자인 최경호가 어떤 태도를 취하는지 감시할 필요가 있었다.

그리하여 수사진은 그 사실을 공개한 후 최경호가 어떤 행동을 하는가에 대하여 24시간 밀착감시를 하기로 하였다.

사실의 공개는 다음날 오전 11시, 김용훈 검사가 기자회견을 통하여 하기로 결정하였다.

박경일 경위가 다시 서로 돌아 왔을 때는 이미 어두워져 있었다. 그가 사무실로 들어서자 함께 부검에 참여했던 최수환 경위가 기다리고 있었다는 듯이 다가와 말했다.

– 감식반 애들이 기다리고 있어. 개구리 비린내 좀 씻어야 되지 않겠어.

부검을 하는 일은 어릴 적 학교에서 해 본 생물 실습시간에서의 개구리 해부와 조금도 다를 것이 없었다. 그래서 박경일 경위나 감식반의 사람들은 은연중 부검을 개구리 해부라고 하고 있었고, 최수환 경위가 개구리 비린내라고 한 것은 부검에서 어쩔 수 없이 맡게 되는 시신에서 풍기는 체취를 말하는 것이었다.

박경일 경위와 최수환 경위가 경찰서 후문에서 가까운 식당에 들어

셨을 때 부검에 참여하였던 감식반의 이호일, 최우찬 경장이 삼겹살을 안주로 삼아 소주잔을 기울이고 있었다.

– 낮에 그만큼 포식을 했으면 됐지, 또 삼겹살이야.

최수환 경위가 자리에 앉으며 말했다.

– 삼겹살은 최 경위님이 드셨고, 우리는 순대밖에 못 먹었거든요. 그리고 박 경위님은 목살을 드셨잖아요.

상추에 싼 삼겹살을 입에 넣고 우물거리던 최우찬 경장이 박경일 경위에게 잔을 건네며 최수환 경위의 말을 받았다.

부검에서 피살자의 복부를 절개하는 일을 삼겹살에, 절개된 복부 속의 장기를 순대에 비유하는 말이었고, 목살이라는 말은 박경일 경위가 피살자의 목에서 머리카락을 발견한 것을 두고 하는 말이었다.

박경일 경위는 최우찬 경장이 건네주는 소주잔을 받아 단숨에 입 속으로 털어 넣었다. 갑자기 부검 장면이 떠올라 메스꺼워지려고 하는 속을 달래기 위해서였다. 목을 타고 내려간 소주가 텅 비어 있는 위장의 벽에 닿으면서 주는 짜릿한 접촉감이 상쾌하게 느껴졌다.

네 사람이 주고받는 소주잔의 속도에 따라 바닥을 드러낸 소주 몇 병이 해부를 기다리는 개구리처럼 배를 뒤집고 누워 있었다. 얼큰하게 취한 최수환 경위가 가당치도 않다는 듯 비꼬는 어투로 말했다.

– 야, 인권변호사가 뭐야. 인권변호사라고 하는 작자가 한 끼 죽도 못 끓여 먹는 사람으로부터 변호사비란 명목으로 돈이나 우려낸다는 것이 말이나 되는 소리야. 내 참 더러워서….

– 누구보고 하는 소리야?

박경일 경위가 최수환 경사의 말을 받아 물었다.

– 오늘 해부한 개구리를 두고 하는 말이야. 선거 유세를 하면서 인권변호사라고 동네방네 떠들고 다녔지 않아. 그런데 이번에 조사해 보니까, 이건 숫제 빈대야, 빈대. 아니, 이건 아예 흡혈귀야. 흡혈귀!

– 목소리 낮춰야 되겠다. 누가 들으면 명예훼손으로 된통 얻어맞겠다. 시말서라도 쓰고 싶은 모양이구나.

최수환 경위의 말이 과격해지자, 박경일 경위가 주위를 둘러보며 말했다. 최수환 경위는 평소 다혈질인 데다가 자신의 생각을 감추지 못하는 직선적인 면이 있었다. 그러나 그것은 경찰로서의 본분에 대한 사명감과 정의감이 남달리 강한 면에서 비롯된 것이었기 때문에 동료들도 그를 탓하지 않았다. 그러나 최수환 경위의 그러한 과격한 면이 가끔은 그에게 시말서 쓰기를 강요하는 경우도 종종 있었다.

박경일 경위는 그러한 최수환 경위에 비하여 비교적 소심한 자신의 성격이 부끄러운 적도 있었다. 그래서 자신이 갖지 못한 그러한 최수환 경위의 성격을 때로는 부러워할 때도 있었고, 그러한 점 때문에 그는 최수환 경위를 자신과 경쟁관계에 있으면서도 서로 말을 놓고 지내는 동료로서 좋아하고 있었다.

– 빌어먹을! 들으라면 들으라지. 내가 언제 거짓말하는 것 봤어. 하기야 변호사라고 하는 인간들 모두가 자기는 인권변호사라고 하지 않는 사람 하나도 없더라만.

– 무슨 일이 있었는데요?

그때까지 잠자코 있던 이호일 경장이 소주잔을 최수환 경위에게 건네며 물었다.

단숨에 소주를 마신 최수환 경위가 입술을 문지르며 말했다.

– 내가 사는 동네에 나이가 일흔이 넘은 할머니 한 분이 있어. 그 할머니 아들이 트럭에 과일을 싣고 다니며 행상을 하는데, 일 년 전에 교통사고를 낸 일이 있었지. 이런 제기랄! 오늘 그 할머니가 나를 찾아와 뭐랬는지 알아. 개구리를 죽인 범인을 꼭 잡아달라는 거야. 그 개구리 같이 훌륭한 사람을 해친 사람은 꼭 잡아서 사형을 시켜야 한다는 거야. 그 할머니 말로는 그때 교통사고를 낸 후 개구리가 변호를 잘 해줘서 무사히 풀려날 수 있었다고 하면서. 그런데 당시 그 사건이 어떤 사건인 줄 알아? 음주운전이나 뺑소니도 아니고 5주 진단이 나온 단순 교통사고에 불과했어. 그런데 피해자가 너무 많은 합의금을 요구하여 합의가 안 되는 거야. 합의만 되면 구속시킬 만한 사안도 아니었는데, 사고 차량이 종합보험에 들어 있지 않아 할 수 없이 영장을 청구할 수밖에 없었어. 그때 그 할머니가 나를 찾아와서 울면서 매달리더라고. 그 당시 할머니 말로는 며느리가 무슨 유방암인가 하는 병으로 십년 동안이나 고생을 하는 바람에 가해자인 아들이 낡은 일 톤 포터트럭을 몰고 다니며 과일 행상을 하여 며느리의 병원비를 대고 있었대. 당시 그 할머니는 며느리의 병원비를 대느라고 있는 돈 없는 돈 모조리 다 써버리고 언제 죽을지 모르는 며느리와 열살 된 손자 하나와 보증금 백만 원에 월세 십만 원 하는 반 지하 단칸방에서 살고 있었어. 아들이 교도소에 가면 할머니와 며느리, 아들이 굶어죽을 수밖에 없는 형편이었어. 그때 합의가 안 되는 바람에 어쩔 수 없이 구속영장을 신청하긴

했지만, 구속이 되고 난 후 그 할머니의 사정이 하도 딱하여 내가 피해자를 불러 할머니와 가해자의 딱한 사정을 설명하고 합의를 해줄 것을 부탁했지. 그래서 보증금 백만 원 중에서 오십만 원을 주인으로부터 미리 받아 피해자에게 주도록 하고 대신 월세를 오만 원 더 인상하여 주기로 하고 합의를 하게 되었지. 단순 교통사고에다 합의가 되었으니, 이 정도의 사안은 약식기소로 처리될 것은 뻔하고. 이런 일에 무슨 변호사가 필요해. 변호사가 나서서 변호할 일이 아무것도 없잖아. 그냥 가만히 있으면 풀려나는, 그야말로 세간에서 말하는 전형적인 '자동빵' 사건이잖아. 그래서 나는 당시 그 할머니에게 아들은 일주일 정도만 있으면 석방이 될 거니까, 걱정하지 말고 집에 가 계시면 된다면서 돌려보냈어. 거기다 할머니가 끼니라도 거르지나 않을까 하여 호주머니에 있는 돈 오만 원을 손에 쥐어 주기까지 했어. 그런데 오늘 그 할머니를 만나고 난 후 내가 얼마나 열 받았는지 알아. 아무리 돈이 좋고 돈이 지배하는 세상이라 하지만, 명색이 변호사라는 인간이 그래도 되는 거야. 변호사라는 지위를 이용하여 그렇게 사기를 쳐도 괜찮은 거야. 벼룩의 간을 빼먹어도 유분수지. 흡혈귀가 따로 없어. 아주 악질이야.

한참 열변을 토하던 최수환 경위가 분을 삭이려는 듯 소주잔을 들었다. 최수환 경위의 목 줄기 정맥이 터질듯 했다.

– 에이, 흥분하지 마세요. 세상이 뭐 그렇고 그런 거지요. 흥분하면 나만 손해라니까요. 우리 같은 졸병들이야, 그저 삼겹살에다 소주 한 잔 먹는 낙만 있으면 감지덕지한 거지요. 그러시지 말고 제 술 한잔 더 받으세요. 그런데 그 개구리가 어떻게 하였는데요?

우스갯소리 잘하고 사람 좋은 이호일 경장이 그때까지 흥분하여 열변을 토하던 최수환 경위에게 다시 소주잔을 건넸다. 소주잔을 연거푸 들이킨 최수환 경위가 다시 울분을 참지 못했다.

– 아, 글쎄, 그런데 오늘 그 개구리가 그 할머니에게 아들을 풀어 주겠다고 하면서 변호사비로 돈 오백만 원을 받아 쳐먹었다는 것 아니야. 정말 미치고 환장할 노릇이었어. 내가 흡혈귀라는 소리를 한 것은 이를 두고 하는 말이야. 아이고, 얘기를 하려니 속에 열불이 나서 죽겠네. 야, 소주 한잔 더 줘. 이거 술이 어디 다 도망갔어. 야, 빨리 소주 한 병 체포해 와.

이호일 경장이 가져온 소주병을 병째로 마시다가 최수환 경위가 다시 울분을 토했다.

– 그 개구리! 인권변호사라고? 인권은 무슨 말라 죽을 인권이야. 그 인간은 아예 돈이라면 마누라나 자식새끼라도 팔아넘길 인간이었어. 그런 인간이 인권변호사라고? 제 마누라, 제 자식, 제 에미까지도 죽게 만든 그런 인간이 인권변호사라고? 이 대한민국 천지에 어디 인권변호사가 말라 죽었어. 그런 인간이 인권변호사이게?

남달리 정의감이 강하고, 사명감이 충실한 최수환 경위가 술에 취해서 그러한지, 아니면 개구리 변호사의 부도덕에 분노를 표시할 기력마저 상실해 버려 그런지는 모르지만, 최수환 경위의 표정에는 짙은 무력감이 드리워져 있었다.

세간의 관심을 일으킬 만한 사건이 터지고, 이러한 사건이 조기에 해결되지 않을 때, 그럴 때마다 세상 사람들은 경찰의 무능력과 비리를 질타한다. 반면 그러한 세간의 비평을 인내하고, 박봉에 시달리면서 해야 하는 경찰 업무, 특히 수사업무에 종사하는 경찰의 희생이나, 어려움을 아는 사람은 드물다. 수사란 자기희생을 바탕으로 음지에서 행하여지는 업무인 것이다.

그런데 이러한 경찰의 자기희생이 바탕이 된 개별의 사건에서 누구보다도 더 큰 도덕성을 갖추어야 할 사람들이 이를 이용하여 범죄에 가까운 행위로 치부하고 있고, 이것이 오히려 미화되고 있을 때, 그 누구보다도 사명감과 정의감이 투철한 최수환 경위와 같은 경찰이 느끼는 절망감과 무력감은 어쩔 수 없는 것이다.

박경일 경위와 세 사람이 음식점을 나왔을 때, 밖은 어두워져 있었다. 그들의 업무는 이 세상의 오도된 욕망을 찾아내어 세상에 전시하는 일이라고 해야 할 것이다. 그러나 세상은 그들이 하는 전시 작업에는 관심을 기울이지 않는다. 단지 그들이 차려 놓은 전시물에만 관심을 가진다. 오늘 그들이 해부한 개구리를 죽인 범인을 찾아내더라도 그들이 기울인 수고는 세상에 알려지지 않을 것이다. 오히려 세상은 그 개구리와 범인에게만 관심을 가질 것이다. 전시물은 개구리와 범인이기 때문이다.

박경일 경위가 집에 돌아와 막 자리에 누우려고 하는데 거실의 전화벨이 울렸다. 시간은 이미 밤 열한시가 넘어 있었다. 그는 전화를 한 사람이 누구인지 어렴풋이 짐작이 갔다. 그의 집 전화번호를 아는 사람은 경찰서 관계자와 정시영 기자 및 그와 가까운 몇몇 사람뿐이었다. 그의 예상대로 전화를 한 사람은 정시영 기자였다.

– 오늘 피살자의 부검이 있었다며? 마, 그런 소식 미리 좀 알려주면 어디 덧나나?

정시영 기자는 밤늦게 전화를 한 미안함을 감추려는 듯 일부러 큰소리로 투정을 부리면서 선제공격을 가하고 있었다.

– 내가 너에게 시시콜콜 보고라도 하고 다녀야 하니? 괜히 피곤하게 싸돌아다니지 말고 일찍 집에 들어가 해골이나 눕혀.

– 자식, 되게 까다롭게 구네. 그래, 부검에서 뭐 새롭게 밝혀진 사실은 없어?

– 몰라, 자식아. 자세한 것은 내일 기자회견에서 들으렴.

– 기자회견? 부검과 관련한 기자회견이라는 말이지? 언제? 어디서?

– 내일 열한시.

박경일 경위는 짤막하게 말하고는 전화를 끊어버렸다. 정시영 기자가 어디서 들었는지 부검이 있었다는 정보를 캐낸 모양이었다. 내일 열한시에 김용훈 검사의 기자회견이 있다는 사실은 출근 즉시 각 언론사에 통보가 될 것이다. 박경일 경위가 내일 열한시에 있을 기자회견 사실을 친구인 정시영 기자에게 몇 시간 먼저 알렸다고 하여 수사에 지장이 있을 것으로 여겨지진 않았다.

박경일 경위는 TV를 켰다. 시간은 어느 새 자정을 넘어 있었다. 열두시, 자정 뉴스가 시작되고 있었다. 매일 들어야만 하는 총선과 관련한 정치권의 소식이 전해지고, 대구 어딘가에서 한 노인이 살해되었고, 인천의 어느 공장에서 화재가 발생하였다는 등 우울한 소식들만 화면을 가득 채우고 있었다.

박경일 경위는 더 이상 TV를 보고 싶지 않았다. 아직 덜 깬 술로 머릿속이 어질어질하였다. TV의 전원을 끄려고 손을 뻗치는 순간, 그가 매일 출근하는 경찰서의 정문 앞에 서 있는 정시영 기자의 모습이 나타났다.

– 피살된 김인환 당선자에 대한 부검이 오늘 B대학병원 영안실에서 있었습니다.

정시영 기자의 말이 끝남과 동시에 오늘 부검을 집도했던 외과의사 박상훈 박사와 정시영 기자가 인터뷰하는 장면이 잠깐 비춰졌다. 정시영 기자의 멘트가 이어졌다.

– 부검을 집도한 부검의에 의하면 피살자의 사인은 피살자의 목에 난 자상에 의한 출혈과다로 인한 심폐정지가 직접 원인이라고 하고 있습니다. 이와 관련하여 이 사건을 수사 중인 검찰은 내일 열한시, 기자회견을 열고 피살자에 대한 부검 결과 및 그 동안의 수사결과를 공식발표 하겠다고 합니다.

박경일 경위는 TV를 끄고 말았다. 피식 웃음이 나왔다. 그와 통화를 한 지가 한 시간이 지나지도 않았는데, 기자회견 사실을 타방송사보다도 먼저 알리기 위하여 뛰고 있는 정시영 기자의 순발력이 놀라우면서도 한편으로는 그러한 정시영 기자가 애처롭게 느껴졌다. 그러면서 기자회견이 있을 거란 사실도 뉴스거리가 될 수도 있구나 하는 생각이 들었다.

그는 TV를 끄고 잠자리에 들었다. 그는 잠 속에서 범죄라는 거대한 생명체에 달라붙어 있는 한 마리 빈대가 되어 있었다. 그러나 그가 아무리 애써 피를 빨아도 그 거대한 생명체는 미동조차 하지 않았다.

미 로

김인환의 피살이 그와 원한관계에 있는 주변 인물에 의한 보복살인일 가능성은 사건 발생 직후부터 제기되었던 문제였다. 이와 관련하여 최수환 경위가 조사한 김인환의 성장과정과 그가 변호사를 거쳐 국회의원에 출마하기까지, 크게 성공한 그의 인생행로 뒤에는 짙은 그늘이 드리워져 있었다. 그것은 일상적으로 행해지는 개인이나 사회적인 폭력 또는 편견이 한 인간의 심성을 얼마만큼 왜곡시키고, 그렇게 왜곡된 심성이 한 인간의 영혼을 어떻게 파멸시켜 가는가를 보여주는 극명한 예라고 할 수 있었다.

피살자의 유족으로 김인환의 부검에 참여했던 김경환이라는 사람은 교회의 장로라고 했다. 최수환 경위가 사건 해결을 위해 김인환의 과거에 대해 물었을 때, 그나마 피살자와 같은 피가 섞인 형제로서의 연민 때문이었는지, 김경환은 상처받고 억눌렸던 김인환의 영혼이나마 하느님의 품으로 인도해 달라고 기도부터 올리더라고 했다.

김인환의 어린 시절은 가난하고 불우했다. 아버지가 일찍 세상을 떠나 홀몸이 된 어머니와 네 명이나 되는 동생들이 있었다. 그런 그가 역경을 딛고 대학에 들어가 처음으로 여자를 알게 되었다. 그 여자는 가난한 수재인 김인환에게 모든 정성을 쏟았다. 가난한 김인환이 공부를 할 수 있도록 등록금과 하숙비를 대어 주고 심지어 그의 가족들에 대한 경제적 지원도 아끼지 않았다. 김인환이 대학을 졸업할 때까지 그 여자는 이미 세 번의 임신중절 수술을 한 뒤였다.

김인환이 사법시험에 합격했을 때, 그 여자는 결혼식을 올리지는 않았지만, 이미 사실상의 며느리가 되어 어머니를 모시고 있었다. 그런데 김인환이 사법연수원을 수료하고 검사로 임용받을 무렵, 그에게 다른 여자가 생겼다. 그 여자의 배경은 이제까지 그를 보살펴 온 여자에 비할 바가 아니었다.

김인환은 그와 가족을 그토록 아끼고 보살펴온 여자를 버렸다. 김인환이 어머니와 동생들의 반대를 무릅쓰고 그 여자와 결혼식을 올리던 날, 여자는 하혈을 하며 태아와 함께 죽었다고 했다. 그 여자의 뱃속에는 이미 여덟 달이나 된 김인환의 피를 이어 받은 또 하나의 생명이 자라나고 있었다고 했다.

김인환이 육박 칠일간의 하와이 신혼여행에서 돌아왔을 때, 그의 어머니는 산소 호흡기에 의지해 실낱 같은 생명을 유지하고 있었다. 어머니가 며느리와 뱃속의 아이에게 당신의 죽음으로 용서를 구하겠다고 하면서 농약을 마셨던 것이었다. 어머니의 영혼은 그가 도착하기 하루 전에 이미 당신이 거느리고자 했던 며느리와 뱃속의 아이를 따라 떠난 뒤였지만, 그가 신혼여행에서 돌아올 때까지 당신의 육체의 생명만은 산소호흡기로 겨우 명맥만을 유지하고 있었다는 것이었다.

김인환이 어머니의 얼굴을 마지막으로 본 직후, 어머니의 생명을 붙들고 있던 산소호흡기는 제거되었다. 어머니는 그의 형제들을 키우기 위하여 힘든 노동으로 평생을 살았다. 스물두살에 시집을 와 그를 낳고, 그의 형제들을 낳고, 한 순간도 편안하게 쉴 틈이 없었던 숨 가쁜 일생이었다.

그러나 김인환은 울지 않았다. 그것은 단지 어머니의 운명일 뿐이었다. 어머니의 죽음은 당신이 살아생전 세상이 당신에게 가한 박해와 멸시에 맞서서 모질게 대항하지 못하고 그 박해와 멸시에 체념하고, 오히려 세상에 대해 관용을 베풀고자 했던 당신의 나약한 심성이 만들어 낸 운명일 뿐이라는 것이었다.

병원 입구에서부터 빈소가 마련된 영안실에는 그의 결혼식장에 놓여있던 축하 화환보다도 더 많은 숫자의 근조 화환이 입구까지 늘어서 있었다. 그 근조 화환 위로 눈이 내리고 있었다고 했다. 그 해의 첫눈이었다. 조문을 온 문상객들은 모두가 그 눈을 어머니의 영혼을 좋은 곳으로 인도하는 서설이라고 했다.

서설이라니?

그들이 서설이라고 말하는 눈은 김인환에게 뿌려지는 저주였다. 세상은 김인환에게 저주를 퍼붓고 있었다. 그래서 그는 울 수가 없었다. 그에게 있어 눈물은 사치스런 것이었다. 그만큼 그의 심성은 왜곡되어 있었고, 그의 영혼은 피폐해져 있었다. 하얗게 내리는 눈을 맞으며 서 있는 조화의 휘장에 씌어진 '근조'라는 글귀는 어머니의 영전에 바쳐진 것이 아니라, 그의 피폐해진 영혼을 위해 바쳐진 것임을 그만이 모르고 있었다.

최수환 경위가 술자리에서 그 인간은 아예 돈이라면 마누라, 자식새끼까지 팔아넘길 인간이라고 한 말은 김인환의 이와 같은 과거를 말한 것이었다. 제 마누라, 제 자식, 제 에미까지도 죽게 만든 그런 인간이라는 말은 김인환의 이와 같은 피폐한 영혼을 두고 한 말이었다.

김인환의 이와 같은 과거가 밝혀짐에 따라 범인은 불행하게 죽어간 전처와 관련된 사람의 개인적인 원한관계에 의한 살인일지도 모른다는 가능성이 검토되었다. 그러나 최수환 경위는 그 가능성을 강하게 부정하였다. 김경환이 한 말에 비추어 그럴 가능성은 극히 희박하다는 것이었다. 김경환은 최수환에게 이런 말을 했다는 것이었다.

– 아닙니다. 그 분들은 결코 보복을 할 사람들이 아닙니다. 그리고 그 일이 있은 지는 이미 삼십년이 지났습니다. 어머니의 죽음으로 그 분들의 마음속에 있던 형에 대한 나쁜 감정은 모두 사라졌습니다. 형수님의 부모님들은 어머님께서 그들에 대한 용서를 구하기 위한 방법으로 자살이라는 극단적인 방법을 택한 사실을 알자, 오히려 어머니의 영혼을 위해 기도했습니다. 그분들의 딸의 죽음이 어머니의 죽음이라는 사태로까지 나아갈 줄은 전혀 예상치 못했다고 하면서, 오히려 저

에게 용서를 구했습니다. 당시 그 분들은 예수님을 극진하게 섬기고 있었습니다. 그리고 저에게 예수님의 깊은 사랑으로 자신들을 용서해 달라고 했습니다. 저는 딸을 죽게 만든 형을 용서하는 그 분들의 마음에 커다란 감동을 받았습니다. 그 이후 저 또한 그 분들의 도움으로 예수님께 귀의하여 안식을 얻게 되었습니다. 그러나 그 분들은 딸의 죽음과 어머니의 죽음이라는 시련을 견디기가 힘들었던 모양인지 얼마 후 미국으로 이민을 떠났습니다. 그 후 저는 그 분들을 만나지 못했습니다. 그러한 사람들이 보복을 할 리가 만무합니다. 삼십년 전에 이 땅을 떠나 미국에 있는 사람이 보복을 하다니요? 그 분들을 의심하는 것은 그 분들에게 또 한 번의 죄를 짓는 것입니다. 제가 형의 과거를 말씀드리게 된 것은 혹시나 경찰에서 그 분들을 의심하지나 않을까 하는 생각에서 말씀드린 것입니다. 그 분들을 찾지 말아 주십시오. 그 분들의 아픈 기억을 되새겨 그 분들의 마음에 새로운 상처가 나지 않도록 하여 주십시오. 그리고 찾아봐야 헛수고가 될 것은 뻔합니다. 형수님 대신, 어머니 대신 형이 죽었더라면 하는 생각을 하기도 한 적이 있었습니다. 형수님과 뱃속에 있던 아이가 죽었을 때, 저에게 이미 김인환이라는 사람은 죽은 사람이었습니다. 자기에게 몸과 마음을 송두리째 다 바친 여자와, 그 여자의 뱃속에 있던 자기의 생명과, 자기의 생명이 있게 한 어머니를 죽게 만든 사람이 어찌 영혼을 가진 사람이라고 하겠습니까. 그런 사람이 그 이후 검사로서, 변호사로서 얼마나 많은 사람들에게 피와 눈물을 흘리게 했을까요. 그런 사람이 국회의원이 되었더라면…. 그 분들을 찾지는 말아 주십시오. 이제까지 저는 그 사람을 같은 피를 나눈 형제라고 생각해 본 적도 없지만, 그래도 이제는 눈물을 흘릴 수는 있을 것 같습니다. 그 사람을 위해서가 아니라, 그 사람의 영혼을 위해서 말입니다.

피살자의 과거에 비추어보면, 불행하게 죽어간 전처와 관련된 사람에게 범행의 동기를 부여할 수는 있었다. 그러나 김경환의 말대로 오히려 모든 것을 용서하고 삼십년 전에 미국으로 떠난 사람에게 새삼스레 보복할 마음이 생겼다고 가정한다는 것은 무리였다. 따라서 김인환이 친, 인척관계나 사적인 원한관계에 의하여 살해되었을 가능성은 없어 보였다.

그렇다면 사건은 피살자가 검사로서, 또는 변호사로서 있을 동안에 직무와 관련한 원한관계에 의한 살인일 수밖에 없지 않은가.

결국 수사의 방향은 김인환이 검사로서 담당한 사건 중에서 살인의 동기가 될 정도로 원한을 살만한 사건이 있었는지, 또는 그가 변호사로서 변호를 맡은 사건 중에서 살인의 동기가 될 만한 사건이 있었는지를 조사해 보는 쪽으로 가닥을 잡았다.

이와 같은 수사방향에 따라 박경일 경위는 B시 변호사협회와 법원에서 발췌해 온 사건 목록과 씨름하고 있었다. 그것은 김인환이 변호사를 개업한 이래 수임한 민, 형사 사건의 사건목록이었다. 박경일 경위는 먼저 김인환이 변호사 개업을 한 이래 수임한 형사 사건의 수임 건수가 무려 천여 건에 이르고 있다는 사실에 놀라고 말았다. 특히 이러한 사건 수임 건수는 소위 말하는 전관예우 때문인지는 몰라도 김인환이 변호사업을 개업한 이후 약 삼년 동안에 집중적으로 수임한 것으로 되어 있었다. 이와 같이 많은 사건들 중에서 김인환이 변호를 잘못하였다거나, 또는 그 결과가 나빠 그에게 앙심을 품은 사람은 있겠지만, 그러한 사람을 어떻게 구별해 낼지 도무지 엄두가 나지 않았다. 그렇다고 천여 건에 이르는 사건의 당사자를 모두 조사한다는 것은 불가능한 일이었다.

그러한 한편으로 김인환이 이와 같은 사건을 수임하여 번 돈이 얼마나 될 것인가 하는 생각을 해보다가 갑자기 자신이 초라한 생각이 들었다.

아마 박경일 경위나 일반 서민들의 입장에서는 죽었다가 깨어나도 벌 수 없는 엄청난 돈일 것이다. 박경일 경위는 십오 년 동안의 경찰관 생활에서 아직도 변변한 내 집 하나 장만하지 못하고 전셋집을 전전하고 있는 자신의 처지가 새삼 초라하게 느껴졌던 것이다.

그러나 그러한 감상에 젖어 있을 여유가 없었다. 그는 우선 김인환이 수임한 사건의 의뢰인 중에서 약식기소가 되었거나, 집행유예로 석방이 된 사람들은 대상에서 제외시키고, 실형을 선고 받은 사람들의 명단을 별도로 작성했다. 실형을 선고 받은 사람들의 수만 해도 백오십 건이 넘고 있었다. 그리고 실형을 선고받은 사람들 중에서도 죄목이 살인을 할 개연성이 있는 사람들, 가령 마약 사범이나 조직 폭력, 강도 등 강력사건에 국한하여 범위를 좁혀 나가기로 했다. 박경일 경위가 최종적으로 혐의를 둘 수 있겠다고 생각되는 사건은 대략 이십여 건에 이르렀다.

그러나 법원으로부터 조사해 온 사건의 목록만으로는 그 이십여 건의 사건에 대한 구체적인 내용을 알 수는 없었다. 그러한 사건의 구체적인 내용을 알기 위해서는 당시의 수사기록이나 공판기록이 필요했다. 그러한 수사기록이나 공판기록은 검찰이나 법원의 기록보존계에 보관되어 있을 것이다. 그는 검찰이나 법원의 기록보존계에 보관되어 있는 사건 기록을 열람해 보려다가 생각을 바꾸었다.

수사기록이나 공판기록에 나타나 있는 사실만으로도 그 사건의 발생과정과 원인 등 대략적인 사건의 윤곽은 파악할 수 있을 것이다. 그러나 그 사건의 의뢰가 있은 후 변호사와 의뢰인 사이에 있었던 사정은 공판기록이나 수사기록에 나타나지 않았을 것이고, 김인환의 살인과 관련된 부분은 오히려 사건의 당사자가 사건을 의뢰한 이후 그 의뢰인과 김인환과의 관계에서 발생한 업무와 관련한 원한관계일 가능성이 높다는 생각이 들었던 것이다.

그래서 그는 김인환이 살해되기 전까지 운영하고 있던 변호사 사무실의 사무장을 만나보기로 했다. 변호사 사무실의 사무장이라면 당시 수임했던 사건의 각종 서류를 작성하였을 것이고, 그러한 과정에서 사건의 당사자와 가족들이 어떠한 행동을 하였고, 그들이 보복을 하겠다는 협박이나 구체적인 행동을 했을 가능성이 있을 수도 있는 일이라고 생각되었다.

박경일 경위가 찾아간 김인환의 변호사 사무실은 법원 정문 앞에 위치한 B빌딩의 삼층에 위치하고 있었다. 그러나 김인환의 피살로 인하여 폐업을 준비하고 있었는지 여직원 한 명과 사무장이라고 하는 오십대 후반의 남자 하나만이 사무실을 지키고 있었다.

사무장이라고 하는 남자는 김인환의 피살로 인한 그 동안의 충격과 괴로움 때문인지는 몰라도 몹시 초췌해 보였다. 그러나 그 사람은 어쩐지 눈초리가 매섭고 냉혹한 인상을 풍기는 그런 사람이었다.

박경일 경위가 용건을 말하자, 사무장이라고 하는 남자가 '오경록'이라고 새겨진 명함을 건네며 김인환이 생전에 사용하던 변호사실로 그를 안내했다. 변호사실에는 아직도 김인환이 검사나 변호사로 재직시에 받은 각종 상패며 감사패 등이 진열되어 있었다.

박경일 경위는 발췌해 온 사건 목록의 명단에 있는 의뢰인이나, 명단에는 없지만 혹시 다른 의뢰인 중에서 김인환에 대하여 보복을 할 생각을 가졌던 의뢰인들이 없었던가를 물었다. 그러나 오경록 사무장의 대답은 박경일 경위의 기대를 여지없이 무너뜨리고 말았다.

– 제가 아는 한 의뢰인 중의 누군가가 범인일 가능성은 거의 전무하다고 해야 할 것입니다.

– 어떤 근거가 있어서 하는 말입니까?

– 무슨 특별한 근거가 있다고 하기보다는, 변호사 개업 이후 줄곧 제가 사무장을 해왔고, 그 동안에 의뢰인과 변호사님 또는 사무장인 저 사이에 그렇게 특별하게 원한을 살 만한 일은 하지 않았습니다. 그리고 변호사님께서 검사를 사직하고 변호사를 개업한 동기가 애초부터 정치에 뜻을 두고 있었기 때문에 남에게 원한을 살 만한 일은 하지 않았습니다. 국회의원에 출마하겠다는 뜻을 품고 개업한 마당에 사소

한 금전적인 문제나 업무와 관련한 일로 남에게 원한을 사는 일을 하겠습니까? 그것도 자신이 출마하겠다고 뜻을 굳힌 지역구에서 말입니다.

– 제가 조사한 바로는 고인이 변호사를 하는 동안 수임한 형사 사건의 수임 건수가 무려 천여 건에 이르고 있었습니다. 이와 같은 많은 사건을 처리하다 보면 본의 아니게 돈 문제라던가, 다른 여러 가지 문제로 의뢰인이 원한을 갖게 되는 경우도 있었을 것 같은데요?

– 물론 그럴 수도 있겠지요. 대부분의 형사 사건에서 피의자가 변호사를 선임하는 경우는 그가 구속되는 경우입니다. 이 경우의 피의자의 관심은 처음부터 구속을 면할 방법은 없는가 하는 문제로서 이를 구속적부심의 단계라고 하지요. 그리고 만약 구속이 된다면 얼마나 빨리 석방될 수 있는가의 문제로서 이는 보석의 단계입니다. 그 다음으로 실형을 받는 경우라고 할 수 있는데, 이때에도 집행유예가 가능한가, 집행유예도 불가능하여 실형을 받는다고 예상할 경우 그 형량을 얼마나 될 것이고, 이를 얼마나 줄일 수 있는가 하는 것입니다. 일반적으로 변호사 사무실에서 형사 사건을 수임하는 경우에는 위와 같은 단계에 따른 성공보수금의 약정을 합니다. 대개의 형사 사건의 경우, 기록을 통하여 그 사건의 내용을 파악하면 법원이 정한 양형기준에 따른 형량을 예측할 수 있지요. 이때 그 예상되는 형량보다 더 좋은 결과를 약속하면서 성공보수금이라는 명목의 사례금을 약정하게 됩니다. 그리고 그러한 결과가 나타나지 않는 경우에는 사례금을 받을 수가 없게 되지요. 그래서 성공보수금 때문에 서로가 감정을 상하게 되는 경우는 그

리 많지 않습니다. 그리고 결과가 좋게 나와 성공보수금을 지급하게 되는 경우에는 의뢰인들이 오히려 고맙다고 하지, 이것 때문에 원한을 사게 되는 경우는 거의 없다고 봐야 되지 않겠습니까?

– 제가 알기로는 성공보수금이 아닌 착수금이라는 명목의 돈을 받는 것으로 알고 있는데요. 이러한 착수금 때문에 원한을 사는 경우도 있을 수 있지 않습니까?

– 물론 변호사 사무실에서 구속기준이나 양형기준을 무시한 채 반드시 석방시켜 주겠다고 하면서 무리하게 사건을 유치하는 경우도 있고, 이러한 경우 대개 고액의 착수금이나 성공보수금 약정을 하게 됩니다. 그러나 결과가 좋지 않으면 받은 돈을 돌려주게 되니까, 이러한 경우에도 살인을 할 정도로 원한을 사게 된다고는 할 수 없겠지요.

– 제가 알기로는 그러한 돈을 돌려주지 않아 문제가 된 경우도 허다하게 있는 것으로 아는데요?

– 제가 사무장으로 있는 동안에 그러한 일은 없었습니다.

– 그러나 착수금을 돌려주는 것은 아니지 않습니까?

– 원래 착수금이라는 명목의 돈은 변호사가 하는 일의 대가로서 주어지는 성격의 돈입니다. 사건을 수임하게 되면, 변호사는 결과의 여부와는 상관없이 형사 사건의 경우에는 무죄를 주장하거나 형량을 줄이기 위하여, 민사 사건의 경우에는 그 사건에 유리한 증인을 신청하고, 증거를 제출하는 등 변호활동을 해야 합니다. 그리고 그 기간이 상당히 오래 동안 소요되는 경우도 있지요. 형사 사건의 경우 경찰에서 사건을 검찰에 송치하고, 검찰이 기소를 하여 법원의 재판이 열리기까

지는 2개월 내지 3개월 정도의 시간이 걸립니다.[1] 그리고 한 달에 한 번 정도의 간격으로 공판기일 또는 변론기일이 지정되는 현실을 감안하면, 만약 한 사건에서 재판이 열 번 정도 열린다고 가정한다면 변호사는 그 사건에 대하여 일 년 동안이나 각종 증거자료나 의견서, 기타 서식을 법원에 제출하는 등 일을 하게 되는 것입니다. 착수금이라고 받는 명목의 돈은 이러한 과정에서 의뢰인이 해야 할 일을 변호사가 대신 해주는 대가로서 받는 돈이기 때문에 사건의 성공여부와는 관계 없이 반환할 수 없는 성격의 돈이지요. 그러나 현실에서는 결과가 나쁘면 이러한 착수금까지도 반환하라고 떼를 쓰는 의뢰인이 있기는 했지만, 저희 사무실에서는 이러한 경우는 없었습니다.

– 사건의 당사자 중에서 사무장님의 말씀과 같이 착수금을 반환하라고 행패를 부렸다거나, 유독 죄질이 나쁜 그러한 사건의 당사자는 없었는가요?

– 물론 결과가 좋지 않아 다소간의 언쟁이 있었던 경우가 없었다고 할 수는 없지만, 그 때문에 원한을 가진다거나 할 그런 당사자는 없었던 것 같습니다. 그리고 아까도 말한 바와 같이 변호사님께서 애초부터 정치에 뜻을 두고 있었기 때문에, 가령 착수금의 반환을 요구했던 경우, 대개는 들어 주었습니다. 때문에 변호사 업무와 관련하여 원한을 살 만한 그런 사람은 저의 기억으로는 없었던 것 같습니다.

1) 형사 사건에서는 이를 공판기일이 지정된다고 하고, 민사 사건에서는 변론기일이 지정된다고 한다.

– 수임을 한 사건들 모두가 굳이 변호사의 변호가 필요한 그런 성격의 사건들이 아닐 수도 있지 않습니까?

박경일 경위는 최수환 경위가 말한 할머니를 떠올리며 넌지시 물어보았다. 그 할머니의 경우는 사실상 변호사의 도움이 필요한 경우가 아니었다. 그야말로 변호사를 선임하지 않고 그냥 있어도 그대로 석방될 사건이었다. 그런데도 그 할머니의 경우와 같이 경제적으로 궁핍한 사정에 있는 당사자가 구속 당시의 절박한 상태에서 우선 변호사를 선임하고 착수금을 지불하였지만, 나중에서야 자기가 지불한 착수금이 사실은 변호사 사무실에서 농간을 부린 것이라는 사실을 알게 되었을 때, 그런 사람이 사기를 당했다는 생각을 할 수도 있는 일이고, 그것이 원한으로 이어질 수도 있다는 생각이 들었던 것이다.

– 변호사를 선임할 필요성이 있다는 사건과 그렇지 않은 사건의 기준이란 무엇을 말하는 것인가요? 그리고 가령 그 기준이라는 것이 있다고 하더라도 무엇을 기준으로 삼아야 할까요? 사건이란 그 사건 자체의 성격이나 사안의 경중이 천차만별입니다. 가령 아주 중한 죄를 범하여 정말로 변호사의 도움이 필요한 경우에도 그에 따른 경제력이 따르지 않아 변호사의 도움을 받지 못하는 경우도 있을 수 있고, 반대로 아주 경미한 사건이라서 변호사의 도움이 필요하지 않는 그러한 사건인데도 당사자가 단순히 심리적으로 불안하여 변호사를 선임하는 경우도 있습니다. 이와 같이 변호사를 선임하느냐의 문제는 사건의 경중이나 성격 외에도 당사자의 경제력이나 사건을 바라보는 시각에 의하여 영향을 받습니다. 이러한 복합적인 요소를 지닌 상황에서 결국

선임의 필요성이란 형사 사건이든 민사 사건이든 사건에 연루된 당사자 자신이 판단할 문제가 아닐까요?

– 제가 하는 말은 혹시 이와 같은 일로 고인에게 원한을 품을 만한 사람이 있었던 것은 아닌가 하는 것입니다. 즉 사건의 내용에 따라서는 변호사를 선임하거나, 선임하지 않거나 그 결과는 마찬가지인 사안이 아주 경미한 사건도 있지 않습니까? 이러한 사건에 변호사가 개입하여 과다한 수임료를 받았고, 나중에 이와 같은 사실을 알게 된 당사자가 아무런 역할도 하지 않은 변호사에 대하여 불만이나 원한을 가질 수도 있지 않느냐는 그러한 말씀입니다.

오경록 사무장의 얼굴이 상기되며, 언성이 다소 높아졌다.

– 꼭 저희 사무실에서 부도덕하게 과다한 수임료를 받지 않았느냐 하는 말 같아서 상당히 불쾌하게 들리는군요.

오경록 사무장의 '불쾌하게 들린다'는 말에 박경일 경위의 머릿속으로 최수환 경위가 말한 할머니가 허리를 꾸부린 채 걸어오고 있었다. 그는 속으로 '그럼 당신이 그 할머니에게 한 행동도 부도덕하지 않다는 말이냐?' 하고 반박하고 싶었다. 그러나 박경일 경위는 내색하지 않았다.

– 아니, 꼭 그런 뜻으로 말씀을 드린 것은 아닙니다. 고인의 피살과 관련한 용의자가 의뢰인 중에서 있을 수도 있지 않을까 하여 협조를 구하는 것으로 이해해 주십시오.

박경일 경위가 속에서 부글거리는 화를 누르며 말하자, 오경록 사무장이 얼굴색을 누그러뜨리며 말했다.

– 박 경위님도 경찰에 몸을 담고 계시기 때문에 아시겠지만, 검찰에서의 구속기준이나 법원에서의 양형기준이 정해져 있지 않습니까? 그리고 법조계의 전체적인 면에서 볼 때도 어떤 특정 사건에 변호사가 선임되었다고 하여 검찰이 구속기준을 벗어나 구속을 시킨다거나 법원이 양형기준을 크게 벗어나 형을 언도하는 경우는 극히 예외적입니다. 이렇게 본다면 어떤 특정 사건에 있어서의 피의자에 대한 처벌은 변호사의 선임 여부를 떠나 검찰에서의 구속 기준이나 법원에서의 양형기준에 의하여 이미 정해져 있다고 봐야 할 것입니다. 이러한 경우에는 사실 변호사의 역할이 필요하지 않다고 할 수도 있습니다. 그리고 변호사의 역할이라고 해봐야 기껏 변호사 본인이 법원에 재직하고 있을 때나, 검찰에 재직하고 있었을 당시의 자신의 친분을 이용하여 선처를 바란다는 전화 한 통화 정도가 고작입니다. 그나마 최근에는 법조비리의 근절 차원에서 이러한 전화 자체가 봉쇄되고 있는 실정이고요. 그런데 피의자의 입장에서 본다면 변호사를 선임했으니, 변호사가 무슨 대단한 역할을 하여 그를 석방시켜 줄 것이라고 기대하게 되는데, 사실은 그렇지 않은 경우가 대부분이지요. 실제로 변호사 사무실에서는 수임을 위하여 이러한 피의자의 기대나 절박한 심정을 이용하는 경우도 있지요. 이러한 경우는 사실 비난을 받아 마땅합니다. 박 경위님의 말씀은 사건의 성격이나 당사자의 경제적인 사정 등 모든 점에 비추어 보아도 변호사를 선임하지 않아도 될 사건인데도 불구하고, 변호사 사무실에서 당사자가 법률적 지식이 없고, 또한 당사자가 구속된 당시의 절박한 심정을 이용하여 변호사를 선임하도록 강요하거나,

유도하여 일반서민으로서는 과다하다고 생각되는 착수금을 받는 경우를 말하는 것으로 여겨집니다. 이러한 경우는 변호사라는 직업의 공익성에 비추어보면 비난받아 마땅하겠지요. 그러나 사건의 구체적 내용이나 성격, 당사자의 경제력, 피의자의 심리적인 상태 등 모든 것을 종합적으로 고려하면 특정 사건에서 변호사를 그런 식으로 매도하는 것 또한 잘못된 생각이라고 여겨집니다.

– 제가 온 것은 변호사나 법조계의 비리에 대하여 논쟁을 하자고 온 것이 아닙니다. 제가 협조를 구하는 것은 변호사를 선임할 필요가 없는 성격의 간단한 사건이지만, 혹시나 이와 관련하여 불만이나 원한을 가질 만한 의뢰인이 있었는지 하는 것입니다.

누가 변호사 사무실의 사무장이 아니랄까 봐서. 그래도 가재는 게 편이라고 변호사들의 비리에 대하여 장황하게 구실을 대는 오경록 사무장의 말을 자르면서 박경일 경위가 말했다.

– 간단한 벌금형 사건, 즉 약식기소로 구속에서 풀려나는 경우는 형사 사건에서 가장 성공적인 경우입니다. 그러한 사람들이 불만을 가질 이유가 어디에 있겠습니까? 물론 박 경위님의 말과 같이 구속에서 풀려난 후 변호사에게 지불한 돈이 아깝다는 생각을 할 수도 있겠지요. 그러나 그만한 일로 살인을 하겠습니까? 그리고 제가 경험한 바에 의하면, 그러한 사람들은 모두가 변호사님이나 제게 고맙다고 인사를 하지 원망하는 사람은 보지 못했습니다. 저의 생각으로는 그러한 사람들 중에서 용의자를 찾는다는 것은 오히려 시간낭비일 것 같습니다.

오경록 사무장의 말은 은근히 경찰이나 검찰이 그런 쓸데없는 곳에 수사력을 낭비하고 있느냐 하는 비난을 내포하고 있었다. 그러한 오경록 사무장의 말에 박경일 경위는 속에서 불쑥 욕지기가 솟아오르려고 했다. 그러나 애써 내색하지 않고 말했다.

– 그 외에 수사에 참고가 될 만한 다른 일은 없을까요? 아시는 대로 말씀해 주신다면 그나마 도움이 될 것도 같은데요.

– 글쎄요. 제가 아는 한 저희 사무실에 사건을 의뢰한 사람들 중에서 용의자가 있다는 것은 무리라고 생각됩니다. 사실, 그 동안 그 분의 녹을 먹고 살았지만, 그 분은 박 경위님이나 우리 같은 사무장보다도 어쩌면 훨씬 더 불행한 사람이라고 할 수 있습니다. 일반 다른 사람들이 생각하기야 오랫동안 검사를 지냈고, 변호사로서 성공하였으며, 돌아가시기 전에는 국회의원에 당선까지 되었으니 무엇이 부러울까 하겠지만, 그 분은 누구보다도 외로운 사람이었고 그 때문에 그 분의 내면은 아마 고통으로 가득 차 있었을 것입니다.

오경록 사무장이 애써 참았다는 듯 고통스런 표정으로 담배 한 개비를 빼물며 말했다.

김인환의 과거에서 나타난 비도덕성에 비추어 그는 적어도 악덕변호사라고 단정할 수는 없겠지만, 결코 선량한 변호사가 될 수는 없었다. 그렇다면 사건을 의뢰한 당사자 중의 어느 누군가는 김인환에게 원한을 가졌을 법도 했다.

김인환에게 원한을 가질 만한 의뢰인이 있었는가. 이러한 의뢰인에 대한 어떠한 단서라도 얻을 수 있지 않을까 하고 기대를 했던 박경일 경위의 예상은 완전히 빗나가고 말았다. 변호사 사무실을 나오면서 애초의 생각대로 가능성이 있다고 여긴 사건의 의뢰인에 대한 조사를 해야 할 것인가에 대하여 생각해 보았다.

그 많은 사건의 의뢰인에 대한 조사를 언제 다할 것인가. 그렇다고 의뢰인 중의 누군가를 임의로 지목하여 무턱대고 조사를 할 수도 없는 일이었다. 그렇다면 김인환이 검사로 재직하고 있을 당시의 사건관계자 중에서 혐의를 찾아야 할 것 같았다. 상식에 비추어 보아도 자기를 변호하는 업무를 하는 변호사라는 사람보다는 자기를 구속시키거나 처벌을 하는 검사라는 사람에게 더 큰 반감을 가질 것 같았다. 그러나 김인환이 검사로 재직하고 있는 동안에 담당한 사건 또한 어디 한두건일 것인가.

수사본부로 돌아오는 차 안에서 박경일 경위는 완전히 미로에 빠진 기분이었다.

소 환

김인환의 변호업무와 관련한 조사에서 어떠한 단서도 포착하지 못한 채 미로 속에 갇혀버린 수사의 단서는 오직 최경호만이 남아 있었다.

신경민으로부터 제보를 받은 이후, 최경호의 동태를 밀착 감시하였으나, 그에게는 어떠한 이상 징후도 발견할 수 없었다. 특히 피살자의 목에서 범인의 것으로 추정되는 머리카락이 발견되었다는 기자회견이 있은 이후부터 그의 동태를 거의 24시간 동안 한 번도 놓치지 않고 감시하였지만, 최경호의 일상은 여느 때나 다름없었다. 그러나 최경호가 어떠한 방식으로든 범인과 연결되어 있을 것이라는 심증은 여전히 남아 있었고, 그것이 현재의 시점에서는 유일한 단서였다.

수사는 답보 상태였다. 어디에선가 활로를 찾아야만 했다. 언론은

연일 수사기관의 무능력을 질타하고 있었다. 이때 최수환 경위가 최경호를 감시만 하고 있을 것이 아니라 직접 부딪혀 조사를 해 보자고 강하게 주장하였다.

김용훈 검사의 지시를 받은 박경일 경위는 곧바로 최경호가 있는 국회의원 정해현의 사무실로 전화를 걸었다.

최경호는 중부경찰서 수사과에서 걸려온 전화를 받은 이후로 내심 불안한 마음을 가눌 수 없었다. 중부경찰서 수사과는 김인환의 피살과 관련한 특별수사본부가 설치된 곳이었다. 전화를 건 사람은 중부경찰서 수사과의 박경일 경위라고 했다. 선거기간 동안에 있었던 몇 건의 선거법 위반 사례가 있었지만, 그것은 특별수사본부의 업무와는 무관한 것이었다. 그가 돈으로 신경민의 입을 봉해 놓았기 때문에 경찰이 그에게 혐의를 두고 찾아 올 이유가 없었다. 신경민이 그와의 약속을 어기고 경찰에 접촉사고 사실을 제보하지 않은 이상, 경찰이 그를 용의자로 삼을 이유가 없었던 것이다.

그런데 경찰에서 걸려온 전화는 무마시켰다고 생각하고 있었던 그의 걱정거리를 되살려 놓은 것이었다. 비록 전화를 건 경찰이 정확한 내용을 말하지 않았지만, 그가 오후 2시경에 사무실로 찾아오겠다고 했을 때, 최경호는 직감적으로 그것이 김인환의 피살 사건과 관련된 일일 것이라고 생각되었다.

오후 2시.

박경일 경위는 D빌딩 4층에 위치한 국회의원 정해현의 선거사무실로 들어섰다. 재선거가 임박해서인지, 선거사무실은 많은 사람들이 들락거리고 있었다. 사무실의 전화기가 연속 성화를 부리고 있었다. 그러한 사무실의 한 책상에서 전화를 걸고 있는 최경호를 찾아냈다. 광대뼈가 약간 불거지고 턱밑까지 이어진 구레나룻 수염의 면도 자국이 선명한 강인한 인상은 은행에서 본 그 얼굴이었다.

박경일 경위가 사무실의 여직원에게 찾아온 용건을 말하자, 여직원이 최경호에게 다가가 무슨 말을 하였다. 그러나 최경호는 잠시 고개를 돌리는 시늉을 하였을 뿐 여전히 전화기에 매달려 있었다.

박경일 경위는 응접용 탁자가 놓인 소파에 앉아 통화가 끝나기를 기다렸다. 최경호는 박경일 경위가 사무실에 나타난 사실을 알고서는 일부러 통화를 길게 하고 있는 것으로 여겨질 정도로 한참을 전화기에 매달려 있었다. 이윽고 전화를 끝낸 최경호가 박경일 경위에게 다가와 말했다.

– 기다리게 해서 죄송합니다. 이곳은 번잡하니 안으로 들어가시죠.

최경호는 칸막이로 막아 외부와 차단시킨 별도의 작은 사무실로 그를 안내했다. 그곳에는 원형의 탁자 하나와 의자 4개가 놓여 있고, 탁자 위에 전화기 한 대가 놓여 있을 뿐이었다. 아마도 선거기간에 찾아오는 사람들을 위하여 임시로 마련된 방인 것 같았다. 전체 사무실의 바깥쪽 창문이 위치한 외곽 쪽으로 그러한 작은 방이 8개가 마련되어 있었다.

– 바쁘신데 죄송합니다. 몇 가지만 물어 볼일이 있어 찾아왔습니다.

– 예, 무슨 일로 그러시는데요?

– 혹시 신경민이라는 사람을 알고 있습니까?

박경일 경위는 곧바로 정곡을 찔러갔다. 최경호의 눈썹이 꿈틀거렸다. 일순 당황한 기색이 스쳐갔지만, 최경호는 이내 표정을 누그러뜨리고 평정을 되찾았다.

– 신경민? 글쎄요. 처음 듣는 이름인데요. 그런데 그 사람과 제가 무슨 일이라도 있다는 겁니까?

– 예. 그 사람은 사기죄로 고소당한 사람인데, 얼마 전 불심검문한 차 안에서 돈 천만 원과 최 보좌관님의 명함이 나왔습니다.

– 그 신경민이라는 사람이 그 돈을 내가 주더라고 하였나요?

– 아닙니다. 단지 차 안에서 돈이 발견되었고, 보좌관님의 명함이 발견되었기에 혹시나 최근에 그를 만난 사실이 있거나, 피해를 당한 사실이 있는지 물어보는 것입니다.

박경일 경위는 미리 생각하고 있던 말을 둘러대며 최경호가 어떻게 대응하는가를 살폈다.

– 그런 일은 없습니다. 제가 왜 모르는 사람에게 피해를 당하겠습니까?

– 잘 생각해 보십시오. 그가 최 보좌관님의 명함을 가지고 있었다면, 분명히 최 보좌관님도 그를 알고 있을 것 아닙니까?

– 내가 명함을 준 사람을 일일이 어떻게 다 기억합니까? 특히 이번 선거와 관련하여 제가 명함을 준 사람은 하루에도 수십 명이 넘을 것

입니다. 그런 사람들을 내가 일일이 어떻게 다 기억하겠습니까?

– 정말 신경민이라는 사람을 모르신다는 말씀이시죠?

– 그렇다고 하지 않습니까? 그 외에 다른 용건이 없다면, 그만 일어나 보겠습니다. 보시다시피 여간 바쁘지가 않습니다.

– 성가시게 해서 죄송합니다. 한 가지만 더 물어보겠습니다. 혹시 최근에 호텔 크라운에 다녀오신 적은 없나요? 김인환이 피살된 곳입니다.

– 호텔 크라운? 그건 또 왜 묻는 거요? 김인환이 피살된 곳이라고? 아니, 지금 나를 의심하고 있는 거요? 내가 살인자라도 된다는 말이요?

최경호가 얼굴을 붉히며 대들 듯이 따지고 나왔다. 그러한 최경호의 태도는 다분히 과장된 것이었다. 이러한 과장된 태도는 대개의 경우 피의자가 자신의 범행이 노출되기 직전 취하는 방어본능이다. 박경일 경위는 수사에서 이러한 피의자들의 태도를 익히 보아왔던 터였다. 박경일 경위는 그러한 최경호를 달래며 말했다.

– 아닙니다. 그럴 리가 있겠습니까? 그 신경민이라는 사람이 호텔 크라운에서 근무하는 사람이었습니다. 그래서 혹시나 그자에게 명함을 준 장소가 호텔 크라운일 수도 있다는 생각에서 말씀드린 것입니다.

– 그 신 누구라는 사람이 어떻게 하여 내 명함을 가지고 있는지는 모르지만, 어쨌든 나는 그 사람이 누군지 모릅니다. 호텔 크라운에 간 적도 없고요.

– 잘 알겠습니다. 죄송합니다. 이거 참 난감하네. 돈을 받은 사람은 있는데, 주었다는 사람이 아무도 없으니.

박경일 경위가 혼자 소리로 말했다. 그러나 그것은 최경호가 들으라고 일부러 한 소리였다. 그것은 듣기에 따라서는 최경호 당신은 왜 돈을 주었으면서도 그 사실을 부인하고 있느냐 하는 소리로도 들릴 수 있었다.

최경호의 눈썹이 다시 한 번 꿈틀거렸다. 그의 눈에서 불똥이 튀어나올 듯 박경일 경위를 노려보았다. 그러나 박경일 경위는 최경호의 눈길을 일부러 못 본 척 무시하고 출입구로 나가며 말했다.

– 호텔 크라운에 가신 적이 없다고 하니까, 호텔 주차장에서 발생한 접촉사고에 대해서도 모르시겠군요?

박경일 경위는 그의 뒤통수를 노려보고 있을 최경호의 시선을 따갑게 느끼면서 사무실을 나왔다.

최경호가 범인이거나, 그렇지는 않더라도 김인환의 살해 사건과 어떤 연관성을 가진 인물이란 점은 이제 단순한 심증을 떠나 확신으로 굳어져 갔다. 그렇지 않고서야 최경호가 마치 범인이 취하는 행동과 유사한 방어 본능을 내보이며 신경민과의 사이에 있었던 일에 대하여 철저하게 부인을 할 이유가 없지 않은가. 최경호가 범인이라면? 그의 단독범행은 아닐 것이다.

김인환의 피살로 인한 직접적인 이익의 수혜자는 국회의원 정해현이다. 그렇다면 그의 범행을 정해현이 교사했을 수도 있다. 아니, 교사했을 가능성이 그렇지 않은 경우보다 훨씬 더 크다고 해야 정확하다.

정해현이 교사하고 최경호가 범죄를 실행한 경우로 본다면, 그 동기는 단순히 그가 선거에서 패배하였기 때문일까. 그렇지 않으면 선거와 관련되지 않은 또 다른 이유가 있는가.

김인환과 정해현 사이에 외형적으로 드러난 정치적 라이벌 관계 이면에 감추어진 다른 어떤 관계가 있을 수도 있지 않은가.

박경일 경위는 정해현과 김인환과의 사이에 어떤 연관이 있는지에 대하여 조사를 해봐야겠다는 생각을 했다.

수사관이 돌아간 후 최경호의 불안은 훨씬 더 가중되고 있었다. 수사관이 말하는 태도에 비추어, 경찰은 이미 그가 신경민을 만났다는 사실, 호텔에서 차 사고가 있었다는 사실, 그리고 그가 신경민에게 돈을 주었다는 사실을 알고 있는 것이 틀림없었다.

수사기관에서 어떻게 알게 되었을까. 신경민이 약속을 어기고 경찰에 제보를 한 것일까. 확인할 필요가 있었다. 최경호는 곧바로 신경민에게 전화를 걸었다.

– 왜 그랬어? 왜 약속을 어겼어? 그러고도 네가 무사할 줄 알어?

– 무슨 말씀을 하시는 거예요?

– 자식아. 네가 경찰에 제보하지 않았다면, 경찰이 어떻게 알고 있는 거야? 너 그러고도 무사할 줄 안다면 정말 큰 오산이야.

– 제가 무슨 제보를 했다고 그러는 거예요? 저는 그런 사실 없어요. 보좌관님께서 뭘 오해하고 계신 것 같은데요. 저는 정말 모르는 일이예요.

— 네가 하지 않았다면? 그럼 누구야? 너 이외에 사고 사실을 아는 사람이 없잖아.

— 정말 모르는 일예요. 혹시 박씨가 제보를 했다면 몰라도.

— 그 박씨라는 사람의 입도 네가 막겠다고 했잖아?

— 그래요. 박씨에게도 얼마나 겁을 줘 놓았는데요. 박씨가 제보를 했을 리도 없어요. 그것은 제가 보장해요.

— 좋아, 두고 보겠어. 만일 너나 박씨가 제보를 했다는 사실이 밝혀지면, 너희들 가만 두지 않겠어. 알아들었어?

— 그럼요. 제가 무엇 때문에 제보를 하겠어요. 제가 왜 스스로 무덤을 파겠어요?

신경민이나 박씨라는 주차장 경비원이 경찰에 제보를 한 것 같지는 않다. 그럼 누굴까. 경찰이 어떻게 알게 된 것일까. 혹시 범인이 제보를 한 것은 아닐까. 범인의 의도를 무력화하기 위하여 신경민에게 주지 않아도 될 돈도 주었는데도, 상황은 범인의 의도대로 되어 가고 있다. 최경호의 불안은 점점 더 가중되고 있었다.

그러한 불안 속에서 최경호는 며칠 전 검찰의 기자회견에서 범인의 것으로 추정되는 머리카락이 발견되었다는 사실을 떠올리고는 이내 평정을 되찾았다. 범인의 의도는 스스로 무너지고 있다. 범인은 살해 당시 자신의 머리카락이 피살자의 몸에서 발견되리라는 생각은 추호도 하지 못했을 것이다. 그가 용의자로 수사를 받더라도 피살자의 몸에서 발견된 머리카락이 자신의 것이 아닌 것으로 밝혀지면 혐의는 저절로 벗겨질 것이다. 최경호의 머리카락이 피살자의 몸에서 발견될 어떠한 이유도 없는 것이다.

최경호를 만난 후 사무실로 돌아온 박경일 경위의 책상 위에 부검에서 발견된 머리카락에 대한 국립과학수사연구소의 감정결과 회보서가 도착해 있었다.

국립과학수사연구소

국 과 수 제0429호
수 신 B지방검찰청
참 조 특별수사본부 검사 김용훈
제 목 감정결과회보

귀청에서 의뢰한 감정에 대하여 다음과 같이 감정 결과를 회보합니다.

다 음

1. 감정 의뢰 내용

피살자 김인환 살인 사건과 관련하여 피살자의 몸에서 발견된 모발이 피살자의 것과 동일한 것인가의 여부에 대한 감정분석 의뢰.

2. 감정 결과

의뢰한 모발과 피살자의 모발에 대한 유전자 감식 결과, 감정 의뢰한 모발은 피살자의 것이 아닌 것으로 판명됨.

3. 기타 자세한 내용은 별지 감정소견서의 내용을 참조하기 바람.

××××. ×. ××.

국립과학수사연구소

부검에서 발견된 머리카락이 피살자의 것이 아닐 것이라는 박경일 경위의 예상은 적중했다. 그렇다면 그 머리카락은 범인의 것이라고 할 수 있다. 박경일 경위의 눈앞에 최경호의 네모진 각진 얼굴이 떠올랐다. 현재로서는 범인으로 추정할 만한 가장 유력한 용의자는 최경호였다. 그 동안의 최경호의 행동에 비추어, 이미 정황증거는 충분하다고 할 수 있다. 특히 오늘 만나 본 최경호의 태도에 비추어 최경호에게 혐의를 둘 수 있는 이유는 충분했다. 이제는 부검에서 발견된 머리카락과 최경호의 머리카락이 동일하다는 사실만 판명되면, 최경호가 범인이라는 증거는 확보되는 셈이었다. 이제 최경호는 단순한 참고인이 아니라, 피의자 신분이라고 할 수 있었다. 최경호의 머리카락을 입수하여 그 동일성에 대한 감정을 의뢰하면, 저절로 밝혀질 일이었다. 이제는 더 이상 우회할 필요가 없었다. 최경호에게 정면으로 다가가 조사할 필요가 있었다.

김용훈 검사에게 전화로 보고를 마친 박경일 경위는 곧바로 최경호에게 전화를 걸었다.

– 아까 찾아뵈었던 중부경찰서 수사과 박경일 경위입니다. 몇 가지 물어볼 사항이 있어 그러는데, 수사과로 좀 나와 주시면 고맙겠습니다.

– 아까 모두 말하지 않았는가요? 또 무슨 일로 그러는데요?

– 별일은 아닙니다. 아까 찾아뵈었을 때 말씀드린 건으로 간단하게 몇 가지만 말씀해 주시면 고맙겠습니다. 사건을 종결하기 위한 단지 절차상의 문제일 뿐입니다.

경찰은 사건을 종결하기 위한 절차상의 문제로 경찰서로 나와 달라는 얘기를 하고 있다. 그러나 아닌 것 같다. 경찰이 무슨 단서를 확보한 것일까. 경찰이 알아낸 것은 무엇일까.

그러나 두려울 것은 없었다. 부검에서 범인의 것으로 추정되는 머리카락이 발견되었다고 하지 않았는가. 그 머리카락이 최경호 자신의 것일 수가 없었다. 다만 그가 경찰에 소환된다는 사실이 재선거에 영향을 미칠 수도 있다는 사실이 우려되었다. 재선거에 영향을 미치지 않기 위해서는 혐의를 빨리 해소시켜버려야 한다. 그것도 언론에서 눈치를 채기 전에 가능하다면 빨리….

그는 곧바로 소환에 응하겠다고 했다.

– 그렇게 하지요. 언제 가면 좋을까요?

진 술 조 서(참고인)

××××. ×. ××. 10:00 중부경찰서 수사과 조사실에서 경위 박경일은 같은 경찰서 경사 김준엽을 참여하게 하고 다음과 같이 임의문답하다.

문: 진술인의 성명, 주민등록번호, 직업, 주거, 본적을 말씀해 주시겠습니까.

답: 성명 최경호, 주민등록번호 ….

문: 진술인은 ××××. ×. ××. 오전 1시에서 2시경 사이에 B시 ○○동에 위치한 호텔 크라운에 간 적이 있습니까?

답: 없습니다.

문: 그렇다면 위 호텔의 주차장에서 서울○○나○○○○호 차량과 접촉사고를 낸 일도 없으시겠군요?

답: 호텔에 간 사실이 없으니, 사고를 낸 일도 없는 것은 당연한 일 아닙니까?

문: 진술인은 위 호텔에 근무하는 신경민이라는 사람을 알고 있습니까?

답: 모르는 사람입니다.

문: 진술인은 위 신경민에게 돈 천만 원을 준 사실이 있습니까?

답: 신경민이라는 사람을 알지도 못하는데, 어떻게 돈을 줄 수가 있습니까? 그런 사실이 없습니다.

문: 진술인은 박영애란 사람을 알고 있습니까?

답: (잠시 망설인 후) 알고 있습니다.

문: 진술인과 박영애란 사람과는 어떤 관계인가요?

답: (잠시 망설인 후) 그냥 알고 지내는 관계입니다.

문: 진술인은 ××××. ×. ××. 10:45경 B은행 ○○지점에 개설된 박영애란 사람의 명의로 된 통장에서 돈 천만 원을 인출한 사실이 있습니까?

답: (한 동안 생각하다가)있습니다.

문: 진술인은 위에서 인출한 돈 천만 원을 B시 00동에 위치한 '까뮈'라는 상호의 찻집에서 위 신경민에게 전달하지 않았나요?

답: 그런 사실이 없습니다.

이때 대기하고 있던 참고인 신경민을 입실케 한 후,

문: 참고인의 성명, 주민등록번호, 직업, 주거, 본적을 말씀해 주시겠습니까?

답: 성명 신경민, 주민등록번호 …. 현재 호텔 크라운 관리부에 근무하고 있습니다.

문: 참고인은(이때 참고인에게 최경호를 지목한 후) 이 사람을 알고 있습니까?

답: 예, 알고 있습니다.

문: 참고인은 이 사람이 ××××. ×. ××. 오전 0시30분경 호텔 크라운 주차장에서 접촉사고를 낸 사실을 목격한 사실이 있습니까?

답: 직접 목격한 사실은 없고, 사고가 나는 소리를 듣고 주차장으로 가니, 이 사람이 사고를 내고 차에서 내렸습니다.

문: 당시 차에서 내린 사람이 이 사람이 맞나요?

답: 예, 맞습니다.

문: 당시 주차장으로 간 참고인은 이 사람의 차를 살펴보았나요? 사고를 낸 이 사람의 차가 부서져 있다거나 하지는 않았나요?

답: 제가 당시 얼핏 보니, 이 사람의 차 뒤 범퍼 오른쪽이 파손되어 있었습니다.

문: 참고인은 이 사람으로부터 ××××. ×. ××. 11:20경 '까뮈'라는 상호의 찻집에서 돈 천만 원을 받은 사실이 있습니까?

답: 예, 받은 사실이 있습니다.

문: 무엇 때문에 그 돈을 받게 되었나요?
답: 이 사람이 낸 사고 차량의 수리비 명목으로 받았습니다.
문: 차는 얼마나 파손되었고, 수리비는 얼마가 나왔나요?
답: 피해 차량의 앞 범퍼가 부서졌는데, 수리비는 얼마가 나왔는지 확인하지 않았습니다.
문: 확인되지도 않은 수리비 명목으로 천만 원이나 되는 돈을 받았다는 것은 납득이 되지 않는데, 그 외에 다른 이유가 있었던 것은 아닌가요?
답: 사실은 사고 사실을 경찰에 신고하지 않겠다는 조건으로 받았습니다.
문: 참고인이 먼저 돈을 요구하였는가요?
답: 제가 먼저 전화를 하였더니, 이 사람으로부터 만나자는 전화가 와서 만나 돈을 받게 되었습니다.
문: 돈을 받은 장소는 위 '까뮈' 라는 장소가 맞습니까?
답: 예, 맞습니다.

이때 진술인에게,

문: 이제까지 진술인이 한 진술은 모두 거짓으로 보이는데, 어떻습니까?
답: 저 사람이 하는 말은 사실이 아닙니다. 나는 주차장에서 사고를 낸 사실이 없습니다.
문: 그럼, 돈을 준 이유는 무엇 때문이었나요.
답: 돈을 준 사실도 없습니다.

이때 다시 참고인에게,

문: 이 사람은 돈을 받은 사실이 없다고 하는데, 어떻게 된 일인가요?
답: 틀림없이 이 사람이 저에게 돈을 주었습니다.

이때 조사관이 진술인의 차 사진을 진술인에게 제시하면서(사진을 별첨으로 진술조서 말미에 첨부하다)

문: 이 사진 속의 차는 진술인의 차가 맞나요?
답: 예, 맞습니다.
문: 이 사진 속의 차를 보면 진술인의 차의 뒤 범퍼가 새것으로 교체되어 있는데, 범퍼가 교체된 이유는 호텔 크라운에서 진술인이 사고를 내고 새것으로 교체하였기 때문이 아닌가요?
답: 교체한 사실은 있으나, 사고를 내지는 않았습니다.
문: 진술인이 차의 범퍼를 교체한 곳은 어디입니까?
답: B시 중앙동에 위치한 상호불상의 차량정비업소입니다.
문: 진술인의 차는 ××××. ×. ××. 11:20경 위 '까뮈'라는 찻집 앞에 주차되어 있었습니다. 다시 한 번 묻겠습니다. ××××. ×. ××. 11:20경 진술인은 위 까뮈라는 찻집에서 참고인을 만난 사실이 있지요?
답: (진술인은 대답하지 않다.)
문: 당시 진술인은 참고인에게 돈 천만 원을 준 사실이 있지요?
답: 사실은 돈을 준 사실이 있습니다.
문: 무엇 때문에 돈을 주었나요?
답: 사고 사실을 외부에 발설하지 않도록 조치하고자 하였던 것입니다.
문: 그럼, 사고를 낸 것이 맞지 않습니까?
답: 아닙니다. 절대로 사고를 내지 않았습니다. 나는 호텔 크라운에 간 사실이 없습니다.
문: 사고를 낸 사실도 없고, 호텔에 간 사실도 없으면서 무엇 때문에 돈을 주었나요?
답: 그때 호텔에서 김인환 피살 사건이 있었기 때문에 그랬습니다.
문: 김인환 피살 사건과 진술인의 차 사고가 무슨 관계가 있나요?

답: 아무런 관계도 없습니다.
문: 그런데 왜 돈을 주었나요?
답: 사고 사실이 알려져서 재선거가 영향을 받을까봐 그랬습니다.
문: 사고를 내지 않았다고 하지 않았습니까?
답: 내가 사고를 내지 않았는데, 사고는 나 있었습니다.
문: 그렇다면 진술인은 차를 진술인 아닌 다른 누구에게 운전을 하도록 한 적이 있습니까?
답: 그런 사실은 없습니다.
문: 진술인과 참고인은 유전자 감식을 위한 모발채취에 동의하시겠습니까?
답: (두 사람 모두) 예, 응하겠습니다.

(이때 조사관은 피의자와 진술인이 직접 서명, 날인한 동의서를 진술조서의 말미에 첨부하다.)

문: (참고인에게) 이상의 진술은 사실인가요?
답: 예, 모두 사실입니다.
문: (진술인에게) 이상의 진술은 사실인가요?
답: 예, 사실입니다.

최경호는 완강했다. 무려 여섯 시간 동안의 실랑이였다. 그러나 신경민을 대질시키고, 박경일 경위가 촬영한 '까뮈' 앞에 주차되어 있던 제 차의 사진을 들이대자, 그때서야 최경호는 신경민에게 돈을 준 사실을 시인했다. 그러나 여전히 살해 시점에 호텔 크라운에 간 사실 및 차 사고를 낸 사실은 부인했다. 그러한 점이 더욱 더 최경호가 범인일 것이라는 심증을 갖게 했다.

최경호와의 실랑이를 마친 박경일 경위가 신경민의 갈취행위에 대하여 검찰 송치절차를 마치고 막 퇴근준비를 하고 있는데, 최수환 경위가 돌아왔다.

최수환 경위는 박경일 경위가 조사를 하고 있는 동안에 선거사무실에 있었던 사람들을 통하여 사건 당일 최경호의 행적에 대하여 조사를 하기로 했던 것이다.

– 아무래도 최경호 그 친구가 수상해. 최경호는 사건 당일 밤 9시경 누군가의 전화를 받고 나가 약 한 시간 정도 있다가 사무실로 돌아왔어. 그런데 보좌관이라는 자가 한창 개표가 진행 중인 중요한 시간에 선거사무실을 비웠다는 게 뭔가 이상하지 않아? 그리고 최경호는 자정 무렵에 다시 사무실을 나가 약 한 시간 반 정도 지나서 돌아왔어. 그렇다면 최경호는 김인환이 살해된 시점에 사무실에 없었던 것이 분명해. 바로 최경호를 족치는 것이 어때?

최수환 경위가 상기된 표정으로 말했다. 최수환 경위는 수사본부에서 유전자 감식을 위한 모발채취만을 하고 최경호를 그대로 풀어주는 것이 못마땅한 모양이었다.

– 야, 국회의원 보좌관을 아무런 증거도 없이 붙들어 두었다가 무슨 봉변을 당하라고, 그 문제는 내일 의논하자.

박경일 경위가 퇴근하여 집에 들어왔을 때는 이미 밤 9시가 넘어 있었다. TV에서 밤 9시 뉴스가 진행되고 있었다.

정시영 기자의 모습이 화면에 나타났다.

– 김인환 당선자의 피살 관련 특보입니다. 검찰은 김인환 당선자의 피살 사건과 관련하여, 정해현 의원의 보좌관 최경호를 소환하여 조사를 하고 있습니다.

박경일 경위는 깜짝 놀랐다. 최경호의 소환은 전격적으로 이루어진 것이고, 절대 언론에 노출된 적이 없었다. 그런데 정시영 기자가 최경호의 소환 사실을 어떻게 알게 되었을까. 박경일 경위가 최경호를 불러 조사한 사실을 경찰의 누군가가 정시영 기자에게 제공한 것일까. 그렇지는 않을 것이다. 최경호의 소환은 재선거를 앞둔 시점에서 행여 선거에 영향을 미칠까봐 극비리에 전격적으로 이루어진 것이었다. 경찰 내부에 정시영이 심어둔 정보원이라도 있다는 말인가.

박경일 경위는 정시영 기자의 정보력에 새삼 놀라움을 느꼈다. 그러면서 이러한 사실이 언론에 노출되었기에 수사에 대한 정치권의 외압이 시작되는 것은 아닐까 하는 생각으로 쉽게 잠들 수 없었다.

긴급체포

최경호의 진술은 전혀 앞뒤가 맞지 않았다. 그것만으로도 최경호에게 혐의를 둘 수 있는 유력한 근거는 되었다. 특히 최수환 경위가 조사한 사실에서도 최경호는 범행이 있었던 시간에 사무실을 비우고 있었다. 이것은 신경민이 말한 호텔 크라운에서 사고가 난 시간과 일치했다. 최경호가 범인이라는 박경일 경위의 심증은 이제 점차 확신으로 굳어지고 있었다. 그러나 확실한 증거도 없이 이러한 심증만으로 최경호를 조사한다는 것은 무리였다.

박경일 경위는 보강 증거를 위하여 최경호가 차의 범퍼를 교체하였다는 자동차정비소로 갔다. 신경민은 최경호의 차의 뒤 범퍼 오른쪽이 파손되어 있었다고 했다. 만약 최경호가 떼어낸 범퍼의 오른쪽이 실제로 파손되어 있다면 최경호가 호텔 크라운에서 사고를 낸 사실에 대한 증거는 확보된다.

다행히 차량정비소에서 최근에 범퍼를 떼어내어 수리를 한 차량이 많지 않아 최경호의 차에서 떼어낸 범퍼를 찾을 수가 있었다. 박경일 경위가 살펴보니 신경민의 말과 같이 오른쪽 모서리 부분이 파손되어 있었다. 이제 최경호가 범인이라는 사실의 정황증거는 확보되었다. 박경일 경위가 범퍼를 확보한 후 사무실로 막 출발하려는 순간, 휴대전화가 울렸다. 최수환 경위였다.

– 빨리 들어와.

최수환 경위의 목소리는 흥분에 들떠 있었다.

– 무슨 일인데 그래?

– 축하한다. 우리 특진 먹을 일이 생겼어.

– 무슨 일이야?

– 군말 말고 빨리 들어와.

박경일 경위가 급히 서로 들어오니, 의외로 김용훈 검사가 사무실에서 기다리고 있다가 서류 하나를 내밀었다.

국립과학수사연구소

국 과 수 제0440호

수 신 B지방검찰청

참 조 특별수사본부 검사 김용훈

제 목 감정결과회보

귀청에서 의뢰한 감정에 대하여 다음과 같이 감정 결과를 회보합니다.

다 음

1. 감정 의뢰 내용

피살자 김인환의 살인 사건과 관련하여, 피살자의 몸에서 발견된 모발과 별지 인적 사항 기재의 사람에게서 채취한 모발이 동일한 것인가의 여부에 대한 감정분석 의뢰.

2. 감정 결과

별지 인적 사항 기재의 사람에게서 채취한 모발에 대한 유전자감식 결과, 첨부한 감정소견서의 내용과 같이 피살자의 몸에서 발견된 모발과 별지 인적사항 기재 최경호의 모발은 동일인의 것으로 판명됨.

3. 기타 자세한 내용은 별지 감정소견서의 내용을 참조하기 바람.

××××. ×. ××.
국립과학수사연구소

이제는 더 이상 망설일 이유가 없었다. 피살자의 몸에서 발견된 머리카락이 최경호의 머리카락이라는 감정결과가 나타난 것이다. 이것은 최경호가 범인이라는 결정적인 증거인 것이다. 사건은 의외로 쉽게 해결될 것 같았다. 김용훈 검사가 최경호의 신병을 확보하도록 했다.

박경일 경위와 최수환 경위는 즉시 국회의원 정해현의 선거사무실로 출동했다. 사무실 앞에는 이미 그들보다 먼저 도착한 보도진들이 진을 치고 있었다.

– 경찰이 확보한 증거는 무엇입니까?

– 최경호 보좌관이 김인환을 살해한 동기는 무엇인가요?

– 경찰은 언제 알게 되었나요?

그들이 차에서 내리자마자 보도진들의 질문 세례가 쏟아졌다. 보도진들 속에서 정시영 기자가 엄지손가락을 치켜들고 신호를 보내고 있었다. 그러나 박경일 경위는 그러한 정시영의 신호나 보도진들의 질문을 뿌리치고 곧바로 사무실로 들어갔다.

넋이 나간 듯 멍한 표정의 최경호의 얼굴이 기다리고 있었다.

– 최경호 씨! 당신을 김인환의 살인 혐의로 긴급체포[2]합니다. 당신은 변호인을 선임할 수 있고, 묵비권을 행사할 수 있으며, 불리한 진술을 거부할 권리가 있습니다.

2) 형사소송법 제200조의3(긴급체포) 제1항은 '검사 또는 사법경찰관은 피의자가 사형, 무기 또는 장기 3년 이상의 징역이나 금고에 해당하는 죄를 범하였다고 의심할 만한 상당한 이유가 있고, 제70조 제1항 제2호(증거를 인멸할 염려가 있는 경우) 및 제3호(도망하거나 도망할 염려가 있는 때)에 해당하는 사유가 있는 경우에 긴급을 요하여 지방법원판사의 체포영장을 받을 수 없는 때에는 그 사유를 알리고 영장 없이 피의자를 체포할 수 있다. 이 경우 긴급을 요한다 함은 피의자를 우연히 발견한 경우등과 같이 체포영장을 받을 시간적 여유가 없는 때를 말한다.' 라고 하고 있고, 같은 조 제2항은 '사법경찰관이 제1항의 규정에 의하여 피의자를 체포한 경우에는 즉시 검사의 승인을 얻어야 한다.' 라고 정하고 있다.

이 시간.

중앙당에서 열린 재선거의 공천 문제를 확정지은 정해현은 당사를 나와 공항으로 가고 있었다. 다행히 중앙당에서는 정해현을 다시 공천하기로 확정했던 것이다. 김인환에게 패배하여 낙마할 뻔했던 그는 이제 기사회생한 것이었다. 재선거 날의 공고가 내일 있게 될 것이었다.

이제부터 다시 선거전에 돌입해야 했다. 그러나 김인환이 없는 B시 갑선거구에서 자신에게 대적할 만한 사람은 아무도 없었다. 특히 여당의 공천을 다시 받은 그는 이미 당선된 것이나 다름없었다.

중앙당의 공천을 다시 받아야 한다는 커다란 짐 하나를 벗어버린 정해현은 홀가분한 마음으로 B시로 가기 위해 공항으로 가는 차에 올랐던 것이다.

그때 그의 휴대전화가 울렸다.

– 의원님! 큰일 났습니다. 최 보좌관님이 긴급체포되어 갔습니다.

선거사무실에서 걸려온 전화였다.

– 그게 무슨 소리야?

– 최 보좌관님께서 김인환의 살인 혐의로 긴급체포되어 갔습니다.

– 뭐라고?

순간 정해현은 커다란 망치로 머리를 얻어맞은 것처럼 아무런 생각도 할 수 없었다.

이럴 수가! 그럼 최경호가 정말로 김인환을 죽였다는 말인가.

정해현의 눈앞에 선거가 있었던 날의 광경이 떠오르며 술에 취하여 전화를 걸어왔던 최경호의 말이 귀속을 울렸다.

'나, 경호다. 씨팔. 그래 내가 니 시키는 대로 김인환의 목을 따 놓았다. 이제 속이 시원하냐? 씨팔.'

최경호가 체포되다니. 그것도 김인환의 살인 혐의로 말이다.

그렇다면 그날 최경호가 술에 취해 전화를 했던 말이 모두 사실이었다는 말인가. 정해현은 갑자기 모골이 송연해졌다. 정해현의 뇌리에 핏발이 뻗힌 시뻘건 눈으로 TV를 응시하고 있던 최경호의 모습이 떠올랐다.

큰일이다. 정말로 최경호가 김인환을 살해했다면? 정말로 큰일이다.

정해현은 그날, 선거에 진 화풀이로 최경호에게 컵을 던지면서 김인환을 죽여 버리라고 하지 않았던가. 만약 최경호가 이와 같은 정해현의 말을 진심으로 듣고 김인환을 살해했다고 한다면? 재선거도 뭐고 오히려 정해현 자신이 살인의 공범 내지는 교사범으로 조사를 받아야 할 것이다.

이 일을 어떻게 해야 하나. 어쩌면 이 일로 말미암아 방금 확정된 중앙당의 공천이 취소될지도 모른다.

안 돼! 절대로 선거를 포기할 수는 없어! 순간의 충격으로 인하여 텅 비어버린 정해현의 영악한 머릿속으로 한 생각이 섬광처럼 떠올랐다.

이것은 음모다. 아니, 음모로 몰고 가야 한다. 이것은 나의 출마를 저지하기 위한 누군가의 음모다. 나의 당선을 저지하기 위한 야당의 음모다.

정해현이 이러한 생각을 하고 있을 때, 차는 어느덧 공항에 도착해 있었다. 그가 공항 대합실에 들어서자, 수많은 사람들이 대합실에 설치된 TV 앞에서 긴급뉴스로 전하는 최경호의 긴급체포 사실을 시청하고 있었다.

정해현은 군중들 속에 끼어 TV를 보았다.

– 경찰은 오늘 정해현 의원의 보좌관인 최경호를 김인환의 살인 혐의로 긴급체포하는 한편 최경호의 집과 정해현 의원의 선거사무실, 자택 등에 대한 대대적인 압수수색에 들어갔습니다. 경찰에 의하면 피살자의 목에서 발견된 머리카락에 대한 유전자감식 결과 그 머리카락이 최경호의 머리카락과 동일한 것으로 판명되었다고 합니다. 이러한 감식 결과에 따라 경찰은 최경호를 긴급체포하는 한편 다른 공범은 있었는지, 또는 이 살인이 정해현 의원의 지시에 의한 것이 아닌지에 대하여도 수사를 확대하고 있습니다. 이상 KNB 뉴스 정시영입니다.

피살자의 목에서 최경호의 머리카락이 발견되었다니. 그럼 정말로 최경호가 김인환을 살해했다는 말인가. 피살자의 목에서 발견된 머리카락이 최경호의 것이라면 이는 움직일 수 없는 증거가 아닌가. 아아, 큰일이다. 재선거고 뭐고 모든 것은 끝이다. 최경호를 이제까지 그의 곁에 있게 한 것이 잘못이었다.

– 저깁니다.

정해현이 망연자실해 있을 때, 누군가가 외치는 소리가 들렸다. 그리고 잠시 갑작스럽고 어지러운 발소리가 들려오기 시작했다.

순간 정해현은 개찰구를 향하여 빠르게 걸어가기 시작했다. 그러나 몇 걸음도 채 걷지 않아 멈추어야 했다. 그의 앞에는 이미 수많은 보도진의 카메라가 길을 가로 막고 있었다. 연속적으로 터지는 카메라의 불빛 속에서 보도진들이 내민 마이크가 그에게 다가왔다.

– 최경호 보좌관의 긴급체포에 대하여 어떻게 생각하십니까?

– 최경호 보좌관이 김인환 당선자를 살해했다는 것이 사실인가요?

– 이 같은 사실을 알고 있었나요?

– 한 말씀 해주시죠?

순간적으로 쏟아지는 보도진들의 질문이 홍수처럼 밀려들었다. 정해현은 목소리에 힘을 주고 외치듯 말했다.

– 이것은 음모입니다. 이것은 누군가의 음모입니다. 이것은 이번 재선거에 나의 출마를 저지시키고, 나의 당선을 저지시키려는 야당의 음모가 분명합니다. 나는 이러한 음모에 결코 굴복하지 않을 것입니다. 이 나라에 법이 존재하고, 정의가 승리한다는 것을 반드시 보여줄 것입니다. 이상입니다.

피의자신문조서

아래 피의자에 대한 살인등 피의 사건에 관하여 ××××. ×. ××. 16:00 중부경찰서 수사과 조사실에서 사법경찰관리 경위 박경일은 같은 경찰서 사법경찰관리 경위 최수환을 참여하게 하고 피의자에게 피의 사건의 요지를 설명한 후 형사소송법 제200조 제2항의 규정에 의하여 진술을 거부할 수 있는 권리가 있음을 고지한바, 신문에 따라 임의로 진술하겠다고 하므로 다음과 같이 신문하다.

문: 피의자의 성명, 주민등록번호, 직업, 주거, 본적을 말씀해 주시겠습니까.

답: 성명 최경호, 주민등록번호….

문: 진술인은 진술을 거부할 권리가 있음을 고지 받았지요?

답: 그렇습니다.

문: 피의자는 조사관의 물음에 대답하겠습니까?

답: 예.

문: 피의자는 ××××. ×. ××. 경찰에서 조사를 받은 사실이 있지요?

답: 예.

문: 당시의 진술은 사실 그대로를 말한 것인가요?

답: 그렇습니다.

문: 피의자는 ××××. ×. ×. 자정에서 01:00 사이에 B시 ○○동에 위치한 호텔 크라운 804호실에 간 적이 있습니까?

답: 없습니다.

문: 피의자는 위 시경 위 호텔의 주차장에서 서울○○나○○○○호 차량과 접촉사고를 낸 일이 있지요?

답: 없습니다.

(이때 조사관이 사고를 낸 피의자의 차 범퍼와 피해 차량의 사진을 피의자에게 제시하고)

문: 이 차는 피의자의 차량이 맞습니까?

답: 예.

문: 이 범퍼는 피해자의 차량에 부착되어 있던 범퍼가 맞습니까?

답: 그것은 모르겠습니다.

문: 피의자의 차에서 떼어낸 이 범퍼의 오른쪽 모서리 부분이 파손되어 있지요?

답: 예.

문: 피의자가 차량의 범퍼를 교체한 것은 호텔 크라운에서 피의자가 사고를 내어 범퍼가 파손되었기 때문이 아닌가요?

답: 아닙니다. 나는 호텔 크라운에 간 일도 없고, 사고를 낸 사실도 없습니다.

문: 그렇다면 피의자는 그 사실을 증명할 수 있는 방법이 있습니까?

답: 있습니다. 나는 그때 선거의 개표방송을 보고 있었기 때문에 선거사무실에 있었습니다.

(이때 참여하고 있던 최수환 경위가 피의자에게 묻다.)

문: 피의자와 함께 선거사무실에 있었던 박혜숙의 말에 의하면 피의자는 위 시간 당일 밤 9시경에 사무실을 나가 한 시간 정도가 경과한 뒤에 사무실에 들어 왔고, 밤 11시경에 나가 두 시간 정도 지난 뒤에 다시 사무실로 들어왔다고 하였는데, 피의자는 왜 거짓말을 하는가요?

답: (이때 피의자는 잠시 생각하는 표정으로 대답하지 않다.)

문: 피의자는 밤 9시경에 사무실을 나가지 않았나요?

답: 그때까지 저녁을 먹지 못해 근처의 식당에서 저녁을 먹고 다시 사무실로 들어왔던 것입니다.

문: 그때는 한창 개표 방송이 진행 중인 시간이었는데, 개표 상황을 보지 않고 저녁을 먹으러 갔다는 말인가요?

답: 개표방송은 식당에서도 볼 수 있었기 때문입니다.

문: 위 박혜숙은 김인환 후보의 당선이 확정된 직후, 피의자가 곧바로 사무실을 나갔다고 하였는데, 이때 피의자는 어디에 갔었나요?

답: 선거에 진 후 화가 나서 근처의 포장마차에 가서 술을 마셨습니다.

문: 조금 전의 진술에서는 사무실에 있었다고 하지 않았나요?

답: 계속하여 사무실에 있다가 잠시 나갔기 때문에 그냥 사무실에 있었다고 한 것입니다.

(이때 조사관이 다시 피의자에게 묻다.)

문: 피의자는 박춘만이라는 사람을 아는가요?
답: 모릅니다.

(이때 조사관이 대기하고 있던 참고인 박춘만을 입실케 하고)

문: 참고인의 이름은 박춘만, 당 58세, 주소 B시 H구 D동 376이 맞습니까?
답: 예.
문: 참고인은 호텔 크라운의 주차장 관리원으로 근무하고 있지요?
답: 예.
문: 참고인은 ××××. ×. ×. 01:00경 호텔 크라운에서 발생한 차량 접촉사고 사실을 목격한 사실이 있지요?
답: 예.

(이때 참고인에게 피의자를 지목한 후)

문: 당시 사고를 냈던 사람이 이 사람이 아니었나요?
답: 당시 어두웠고, 사고를 낸 사람이 안경을 쓰고 있었기 때문에 정확하지는 않지만 이 사람인 것 같습니다.
문: 당시 사고를 낸 사람이 끼고 있던 안경은 어떤 안경이었나요?
답: 검은색의 선글라스였습니다.

(이때 조사관이 피의자의 자동차 사물함에 보관되어 있던 안경을 참고인에게 내보이며, 안경을 촬영한 사진을 조서의 말미에 첨부하다)

문: 당시 사고를 냈던 사람이 끼고 있던 안경이 이 안경이 아닙니까?
답: (참고인이 안경을 유심히 살핀 후) 예, 이 안경이 맞는 것 같습니다.

(이때 피의자에게 안경을 착용하게 한 후)

문: 당시 사고를 냈던 사람은 이 사람이 맞습니까?
답: 예, 이 사람이 맞는 것 같습니다.

(다시 피의자에게)

문: 피의자는 이래도 부인하는 것인가요?
답: 나는 절대로 호텔에 간 적이 없습니다. 이 사람이 거짓말을 하거나 아니면 사람을 잘못 보았을 것입니다.

(다시 한 번 참고인에게)

문: 이 사람이 당시 사고를 낸 사람이 분명합니까? 정확하게 말씀하세요.
답: 맞습니다.
문: 이 사람이 사고를 낸 후 어떤 행동을 하였나요?
답: 그냥 도망을 가려고 하여 제가 차 앞을 가로막고 차를 세우게 했습니다.
문: 그래서요?
답: 그러자 이 사람이 차를 멈추고 차에서 내렸습니다.
문: 그래서요?
답: 그때 사고 소리를 들은 신 대리가 왔습니다.

문: 참고인이 말하는 신 대리란 호텔에 근무하는 신경민을 말하는가요?

답: 예.

문: 신경민이 왔을 때, 이 사람은 어떻게 했나요?

답: 신 대리가 경찰에 알리려고 하자, 이 사람이 자기의 명함을 주면서 아침에 연락하면 변상하겠다고 하면서 경찰에 연락을 못하게 했습니다.

문: 참고인은 사건 당일 아침, 경찰의 조사를 받았지요?

답: 예.

문: 왜 그 당시에는 이러한 사실을 얘기하지 않았습니까?

답: 그게, 저…. 신 대리가 사고 사실을 말하면 큰일 난다고…. 말하지 못하게 했습니다.

(이때 조사관이 대기하고 있던 참고인 신경민을 입실케 한 후)

문: 참고인의 이름은 신경민, 당 28세, 주소 B시 H구 S동 567 동일아파트 4동 309호가 맞습니까?

답: 예.

(이때 참고인에게 피의자를 지목한 후)

문: 참고인은 이 사람을 압니까?

답: 예.

문: 어떻게 알게 되었나요?

답: 이 사람이 차 사고를 내고, 저에게 명함을 주었기 때문에 알고 있습니다.

문: 참고인이 말하는 차 사고란 ××××. ×. ××. 01:00경 호텔 크라운 주차장에서 난 사고를 말하는가요?

답: 예.

(이때 조사관이 피의자의 차의 사진을 참고인에게 제시하고, 사진을 별첨으로 신문조서 말미에 첨부하다.)

문: 위 사고라고 하는 것은 이 사진 속의 차가 낸 사고를 말하는 것인가요?
답: 예. 맞습니다.

(이때 참고인에게 피의자의 차량번호가 적힌 명함을 제시하고, 명함을 별첨으로 신문조서 말미에 첨부하다.)

문: 당시 사고를 낸 후 참고인이 이 사람으로부터 받은 명함이 이것인가요?
답: 예.
문: 이 명함에 적힌 차량 번호는 참고인이 당시 차 사고를 낸 피의자의 차량번호를 적은 것이 맞습니까?
답: 예.

(이때 다시 피의자에게)

문: 피의자는 참고인의 진술을 들었지요?
답: 예.
문: 피의자는 이래도 호텔 크라운에 간 사실을 부인하는 것인가요.
답: 나는 절대로 가지 않았습니다. 이 사람들이 사람을 잘못 본 것입니다.
문: (이때 다시 참고인 신경민에게) 참고인은 피의자로부터 ××××. ×. ××. 11:20경 '까뮈' 라는 상호의 찻집에서 돈 천만 원을 받은 사실이 있지요?
답: 예.
문: 피의자가 무엇 때문에 참고인에게 돈을 주었나요? 그 경위를 말씀해

주시겠습니까?

답: 예, 제가 아침에 부서진 차에 대한 변상문제로 전화를 하였습니다. 그런데 이 사람은 아예 사고 사실을 부인하며 저에게 오히려 욕을 하며 화를 냈습니다. 그래서 저는 속았다는 생각을 하고 있었는데, 오후에 이 사람이 제게 전화를 하여 만나자고 했습니다.

문: 그래서요?

답: 그래서 저는 이 사람이 정한 약속장소로 나갔습니다.

문: 그 약속장소가 어디였나요?

답: '까뮈' 라는 상호의 찻집이었습니다.

문: 참고인은 그때 돈을 받았나요?

답: 아닙니다. 그때는 돈이 준비되지 않았다고 하여 다음 날 만나기로 하였습니다.

문: 그래서 다음 날 만났나요?

답: 예, 다음 날 같은 찻집에서 만나 돈 천만 원을 받았습니다.

문: 그때 피의자는 돈을 주면서 무슨 말을 하였나요?

답: 만약 제가 사고 사실을 발설하는 경우에는 그냥 두지 않겠다고 협박을 했습니다.

(이때 다시 피의자에게)

문: 다시 한 번 묻겠습니다. 피의자는 호텔 크라운에서 사고를 낸 사실이 있지요?

답: 아닙니다. 절대로 사고를 내지 않았습니다. 나는 호텔에 간 사실이 없습니다.

문: 사고를 낸 사실도 없고, 호텔에 간 사실도 없다면 돈을 줄 이유가 없지 않습니까?

답: 그것은, 그때 그 호텔에서 김인환 후보가 살해되었다는 뉴스를 보

았기 때문입니다.

문: 김인환 후보의 피살 사건과 진술인의 차 사고가 무슨 관계가 있나요?

답: 아무런 관계도 없습니다.

문: 그렇다면 돈을 줄 이유가 없지 않습니까? 그것도 천만 원이나 되는 많은 돈을 말입니다.

답: 사고 사실이 알려져서, 내가 혐의를 받게 되면 선거가 불가능하다고 생각했기 때문입니다.

문: 선거라는 것은 어떤 선거를 말하는가요?

답: 김인환 후보가 피살되었기 때문에 조만간 재선거가 있게 될 것인데, 그 선거에 정해현 의원님이 다시 출마할 것입니다.

문: 그러나 아직 재선거 날은 정해지지 않았고, 정해현 의원이 출마한다고 확정된 것도 아니지 않습니까?

답: 그렇긴 하지만, 정해현 의원님은 분명히 다시 출마할 것이라고 생각했습니다.

문: 피의자가 차 사고를 낸 사실 때문에 선거가 불가능하다는 말은 무슨 의미입니까?

답: (이때 피의자가 책상을 치면서 일어나 고함을 치다.) 내가 사고를 내지 않았다는데, 왜 자꾸 내가 사고를 냈다고 하는 거야?

문: 그렇다면 차사고 때문에 선거가 불가능하다는 것은 무슨 의미입니까?

답: (피의자가 흥분하여 말하다) 이것 봐! 선거에 출마한 사람의 보좌관이 차사고 때문에 살인혐의를 받게 되고, 살인혐의를 받는 보좌관을 둔 후보자에게 누가 표를 주겠어?

(이때 조사관이 다시 참고인 신경민에게)

문: 참고인에게 돈을 줄 때 피의자가 이런 말을 하던가요?

답: 하지 않았습니다.

문: 참고인은 ××××. ×. ××. 위 돈 천만 원을 받은 사실과 관련하여 경찰에서 조사를 받은 사실이 있지요?

답: 예.

문: 조사를 받기 직전, 참고인은 피의자의 전화를 받은 사실이 있지요?

답: 예.

문: 어떤 내용의 전화였나요?

답: 차사고 사실을 제가 제보한 것인지 확인하는 전화였습니다. 그래서 저는 제보하지 않았다고 하였는데, 이 사람은 만약 제가 제보를 하면 가만 두지 않겠다고 했습니다.

(이때 다시 피의자에게)

문: 피의자가 사고를 내지 않았다면, 피의자가 참고인에게 위와 같은 전화를 할 필요도 없고, 협박을 할 이유도 없지 않습니까?

답: 누가 협박을 했다는 것이야? 그 전화도 선거가 영향을 받을까봐 사고사실이 알려지지 않도록 하고자 했을 뿐이야.

(다시 참고인 신경민에게)

문: 다시 한 번 묻겠습니다. 당시 사고를 내고 참고인에게 명함을 준 사람이 피의자가 분명합니까?

답: 틀림없습니다. 그렇지 않다면 무엇 때문에 저에게 돈을 주면서까지 사고사실을 알리지 못하게 했겠습니까?

(이때 피의자가 다시 책상을 치며 일어나 고함을 치다.)

답: 야! 이 자식아! 사람을 똑바로 보고 말해. 나는 사고를 낸 일도 없고,

너 따위 녀석에게 명함을 준 사실도 없어. 어디서 거짓말을 하고 있는 거야?

(이때 조사관이 참고인 신경민과 박춘만을 퇴실케 한 후, 피의자에게 다시 묻다.)

문: 피의자는 지난 번 조사에서 피의자의 머리카락에 대한 유전자 감식에 동의한 사실이 있지요?
답: (피의자는 대답하지 않다.)

(이때 조사관이 수사기록에 편철된 국립과학연수소의 감정결과회보서를 피의자에게 제시하고)

문: 피의자의 머리카락에 대한 유전자 감정 결과 피살자의 목에서 발견된 머리카락이 피의자의 것으로 판명되었는데, 그래도 피의자는 범행 사실을 부인하는 것인가요?
답: 무슨 소리를 하는 거야? 내 머리카락이 왜 거기에 있어? 나는 호텔에 간 적도 없단 말이야. 무슨 미친 소리를 하고 있어.

(이때 참여하고 있던 최수환 경위가 피의자에 말하다.)

문: 피의자가 호텔에 간 적도 없고, 범행을 한 사실도 없는데, 머리카락이 바람에 날려가서 피살자의 목에 들어갔을까요. 이제는 더 이상 시간 끌지 말고 자백하는 것이 어떻습니까. 피의자는 ××××. ×. ××. 자정 경 호텔 크라운 804호실에서 김인환을 살해한 사실이 있지요?
답: (이때 피의자가 흥분하여 소리치다.) 무슨 개수작을 하는 거야. 너, 이

자식들 무슨 조작을 하고 있는 거야. 너희들이 이러고도 무사할 줄 알아.

문: 피의자는 조금 전의 진술에서 사건 당일 밤 9시경, 사무실을 비웠다고 하였지요?

답: 그래서? 그것이 어쨌다는 거야?

문: 그때 피의자는 사실은 식사를 하러 간 것이 아니라, 김인환이 호텔 크라운에 투숙하고 있다는 사실을 확인하려 간 것이 아닌가요?

답: 호텔 크라운에는 간 적도 없다고 했잖아. 도대체 몇 번이나 말을 해야 알아듣겠어?

문: 피의자는 사건 당일 선거에서 진 사실을 알고 11시경에 사무실을 나갔다고 하였지요?

답: 그래 화가 나서 술 마시러 갔었다. 술 마신 것도 죄가 되는 거야?

문: 당시 피의자는 술을 마시러 간 것이 아니라 김인환이 투숙하고 있던 호텔 크라운에 간 것이 아닌가요? 그리고 당시 호텔에 투숙하고 있던 김인환을 칼로 살해한 것이 아닌가요? 이제 자백하는 것이 어때요?

답: 내가 무엇 때문에 살인을 해? 선거에 졌다고? 무슨 미친 수작들을 하는 거야? 난 아니야. 호텔 크라운에는 간 적도 없단 말이야.

문: 지금 피의자의 진술은 피의자에게 불리하게 작용할 수도 있습니다. 흥분을 하지 마시고 신문에 응해주시기 바랍니다. 김인환을 살해할 당시 사용된 도구는 어떤 것이었나요?

답: (이때 피의자가 다시 책상을 치며 고함을 지르다.) 야, 너 이 자식아! 너 지금 나를 살인자로 몰아가는 거야. 난 아니야!

(이때 조사관이 참고인 신경민과 박춘만을 다시 입실케 한 후)

문: 지금까지 참고인들이 진술한 내용은 모두 사실이지요?

답: (박춘만, 신경민이 동시에) 그렇습니다.

(조사관이 다시 피의자에게)

문: 지금까지 피의자가 진술한 내용은 모두 사실입니까?
답: 몇 번이나 말해야 되겠어. 난 아니라니까!
문: 지금까지 진술한 내용이 모두 사실이냐고 물었습니다. 사실인가요?
답: 그렇다. 왜?

최경호가 범인이라는 사실은 그가 신경민에게 돈을 주어 사건 당일 있었던 차 사고를 은폐하려고 시도하였던 사실, 그의 차가 파손되어 있었던 사실, 더욱이나 피살자의 목에서 발견된 머리카락이 최경호의 것이라는 국립과학수사연구소의 감정결과에 비추어 움직일 수 없는 사실이었다. 그러나 최경호는 끝까지 완강하게 혐의 사실을 부인했다.

이 정도의 증거만으로도 최경호에 대한 구속영장신청은 충분히 가능할 것이다. 그러나 최경호의 단독범행인지, 다른 공범이 있었는지, 아니면 이 범행이 정해현의 교사에 의한 것이었는지의 여부는 추가로 밝혀야 할 문제였다.

박경일 경위와 최수환 경위가 조사를 마쳤을 때는 이미 새벽 두시가 넘어 있었다. 조사과정에서 마신 커피 때문인지 입안이 타고 속이 시려왔다. 박경일 경위는 일단 최경호를 경찰서 유치장에 구금시켰다.

그러나 아직도 일이 남아 있었다. 긴급체포서[3]를 작성해야 했다.

긴 급 체 포 서		
피의자	성 명	최 경 호
	주민등록번호	××××××-1××××××
	직 업	국회의원 보좌관
	주 거	B시 ×× 구 ×× 동 245-4 D아파트 5동 1104호
변 호 인		

위 피의자에 대한 살인 등 피의사건에 관하여 형사소송법 제200조의 3 제1항의 규정에 따라 동인을 아래와 같이 긴급체포함.

××××. ×. ×.

B시 중부경찰서

사법경찰관 경위 박경일

체포한 일시	××××. ×. ×. 15시 30분
체포한 장소	B시 중앙동 5가 40 D빌딩 507호 국회의원 정해현의 선거사무실 내
범죄사실 및 체포의 사유	아래 내용과 같음
체포자의 관직 및 성명	B시 중부경찰서 수사과 경위 박경일, 최수환
인치한 일시	××××. ×. ×. 16시 30분
인치한 장소	B시 중부경찰서 상황실 특별수사본부 사무실
구금한 일시	××××. ×. ×. 02시 20분
구금한 장소	B시 중부경찰서 유치장

범죄사실 및 체포의 사유

피의자는 B시 갑 지역구 국회의원 정해현의 보좌관으로 근무하는 자인바, ××××. ×. ×. 실시된 국회의원 선거에서 위 정해현이 패배하게 되자 이에 앙심을 품고 상대 후보로 출마한 당선자 김인환을 살해할 목적으로, 동인이 머무르고 있던 B시 ××구 ××동 소재 호텔 크라운 804호에 침입하여 미리 준비한 샴페인 병으로 위 김인환의 머리를 가격하여 실신케 한 후 동인의 목을 칼로 찔러 출혈과다로 인한 심폐정지로 살해한 것으로, 피의자가 증거인멸 및 도주를 할 우려가 농후하고 판사로부터 체포영장을 발부 받을 만한 시간적 여유가 없음에 의함.

3) 형사소송법 제200조의3(긴급체포) 제3항은 '검사 또는 사법경찰관은 제1항의 규정에 의하여 피의자를 체포한 경우에는 즉시 긴급체포서를 작성하여야 한다.' 라고 하고 있고, 같은 조 제4항은 '제3항의 규정에 의한 긴급체포서에는 범죄사실의 요지, 긴급체포의 사유 등을 기재하여야 한다.' 라고 규정하고 있다.

두 번째 정보

긴급체포 후 48시간 이내에 구속영장을 신청하든가, 아니면 석방을 해야 한다[4]. 피살자의 목에서 발견된 머리카락이 최경호의 것이라는 사실 하나만으로 구속영장 신청은 가능할 것이다. 그러나 김용훈 검사는 더욱 완벽한 증거를 요구했다. 재선거를 앞둔 정치적으로 민감한 시점에서 현직 국회의원의 보좌관에 대한 구속

4) 형사소송법 제200조의4(긴급체포와 영장청구기간) 제1항은 '검사 또는 사법경찰관이 제200조의3(긴급체포)의 규정에 의하여 피의자를 체포한 경우 피의자를 구속하고자 할 때에는 체포한 때로부터 48시간 이내에 검사는 관할지방법원판사에게 구속영장을 청구하여야 하고, 사법경찰관은 검사에게 신청하여 검사의 청구로 관할지방법원판사에게 구속영장을 청구하여야 한다. 검사가 구속영장을 청구하거나 사법경찰관이 구속영장을 신청할 때에는 제200조의3 제3항의 규정에 의한 긴급체포서를 첨부하여야 한다.' 라고 하고, 같은 조 제2항은 '제1항의 규정에 의하여 구속영장을 청구하지 아니하거나 발부받지 못한 때에는 피의자를 즉시 석방하여야 한다.' 라고 정하고 있다.

영장 청구는 신중해야만 한다는 것이었다. 무엇보다 범행에 사용된 도구조차 발견되지 않았고, 범행이 최경호의 단독범행인지, 아니면 공범이 있었는지, 정해현의 교사를 받은 것은 아닌지 등에 대한 조사가 선행되어야 한다는 것이었다.

최경호의 집과 정해현의 선거사무실 등에 대한 압수수색에서 최경호의 범행을 뒷받침할 만한 부가적인 증거라도 발견되기를 기대했으나 범행과 연결시킬 만한 증거는 발견되지 않았다.

시간이 촉박했다. 어쩔 수 없이 최경호의 자백에 의존할 수밖에 없었다.

박경일 경위와 최수환 경위는 다음 날 출근하자마자 무려 16시간 동안 다시 최경호와 실랑이를 했으나, 최경호는 끝까지 자백하지 않았다.

박경일 경위가 잠깐이라도 눈을 붙이고자 지친 몸을 이끌고 집에 돌아왔을 때는 이미 새벽 두시가 넘어 있었다. 아내는 그때까지 TV를 켠 채로 그를 기다리고 있었다.

박경일 경위가 문을 들어서서 막 윗도리를 벗어 들었을 때 갑자기 TV의 화면이 바뀌면서 낯익은 정시영 기자의 얼굴이 나타났다.

– 긴급속보입니다. 본 KNB방송 보도국에서는 김인환 당선자의 피살 사건과 관련하여 범인 또는 범인과 관계있는 사람이 보낸 것으로 추정되는 음성메시지를 방금 입수하였습니다.

정시영 기자의 멘트가 끝남과 동시에 침울하고 축축하게 젖은 사내의 음성이 TV를 타고 나왔다.

– 두 번째 정보, 7×푸2407

7×푸2407!

TV에 나타난 저 숫자가 무엇을 의미하는 것일까. 박경일 경위는 혼란스러웠다. 혹시 차번호가 아닐까. 최경호와 공범관계에 있는 자의 차번호가 아닐까. 박경일 경위가 그런 생각을 하고 있을 때, 휴대전화가 울렸다.

– 나야, 시영이야. 보도 봤어?

– 그래 방금 봤어. 그런데 무슨 일이야. 이 늦은 시간에?

– 이 늦은 시간이라니? 아직 초저녁인데. 그런데 너 그 수수께끼 같은 숫자가 무엇을 의미하는지 생각해 봤어? 무슨 암호 같기도 한데 말이야. 뭐, 짐작 가는 것이 없어?

– 이제 방금 뉴스를 보았는데, 생각할 틈이라도 줘야 할 것 아냐. 그러고 보니, 그 숫자가 무엇을 의미하는 걸까? 차 넘버 같기도 한데….

– 야, 그렇다면 빨리 차를 수배해야 할 것 아냐? 지난번 김인환처럼 죽고 난 뒤에 또다시 시체 치우러 갈 거야. 경찰이라는 작자가….

정시영 기자가 고함을 빽 질렀다. 그러고 보니, 정시영 기자의 말이 일리가 있었다.

만약 TV에서 흘러나온 '7×푸2407'이 자동차의 넘버를 말하는 것이라면, 그 차 안에는 누군가가 피살되어 있을지도 모른다는 생각이 순간적으로 떠올랐다.

박경일 경위는 곧바로 경찰서로 전화를 걸었다.

– 7×푸2407 이라는 번호를 가진 차를 수배해.

박경일 경위는 다급해졌다. 한가롭게 잠을 자고 있을 시간이 없었다. 박경일 경위는 벗으려던 옷을 그대로 다시 입고는 집을 뛰쳐나왔다.

방송국에 제보된 정보의 숫자가 자동차의 번호를 나타내는 숫자일 것이라는 박경일 경위의 추측은 빗나갔다. 박경일 경위가 수배토록 한 '7×푸2407' 이라는 번호의 자동차에서 어떠한 일이 발생하였다는 보고도 들어오지 않았다. 오전 내내 정시영 기자가 보내는 메시지가 성화를 부리고 있었지만, 박경일 경위는 일부러 전화를 받지 않았다.

오후 한시가 지났을 무렵, 김용훈 검사가 직접 전화를 걸어 왔다. 곧바로 검찰청의 자기 방으로 오라는 전화였다. 최경호에 대한 구속영장을 신청하기까지 허용된 시간은 채 두 시간 정도만이 남아 있었다.

최경호의 영장신청 때문인가.

박경일 경위와 최수환 경위가 504호 검사실로 들어서자, 기다리고 있던 김용훈 검사가 미리 복사하여 준비한 사건 기록철 하나를 건네며 말했다.

– 이 기록 속에 나타나는 사람들 모두에 대해 조사를 해주십시오. 어제 방송국에 제공된 음성메시지는 차번호가 아니라, 이 기록의 사건 번호였습니다.

그것은 복사된 공판 기록이었다. 그 기록의 사건 번호 란에 '7×푸2407' 이라는 숫자가 기재되어 있었다.

그랬었구나. 그때서야 박경일 경위는 자신의 추측이 성급했음을 깨

달았다. 왜 미처 그 생각을 하지 못했을까.

경찰이나 검찰에서 형사 사건의 사건번호를 발생순으로, 가령 '××형제0000호' 라고 순서에 따라 매겨가듯이, 법원에서의 형사재판은 각 사건의 종류와 심급에 따라 ××고단0000호, ××도00호, ××푸0000호와 같은 사건번호[2]를 매겨간다는 사실을 미처 생각하지 못했던 것이다.

그러니까, 정보를 제공한 사람이 밝힌 '7×푸2407' 이라는 숫자는 자동차의 넘버가 아니라, 197×년의 2407번째 소년보호 사건임을 나타내는 형사사건의 사건번호였던 것이다.

김용훈 검사는 박경일 경위가 미처 생각하지 못하고 있던 것을 생각하고, 검찰청의 수형보존계에 보관되어 있는 사건번호 '7×푸2407' 사건의 형사기록을 미리 복사하여 준비해 두고 두 사람을 불렀던 것이었다.

197×년 사건이라면 아주 오래된 사건인데, 용케도 기록이 폐기되지 않고 남아 있었던 모양이었다.

박경일 경위는 그 번호가 자동차의 사건번호라고 예단해 버린 자신의 성급함을 자책할 수밖에 없었다. 그러면서도 그는 어쩌면 그 사건기록 속에 김인환의 피살 사건을 해결할 수 있는 분명한 단서가 있을

---

5) 법원에서의 형사사건의 사건번호를 부여하는 방법이다. '××' 는 19××년이라는 연도를 나타내고, '고단' 이란 형사단독판사의 관할사건에 부여되는 사건번호이다. 형사합의부의 관할사건은 '고합' , 항소심 사건은 '노' (예를 들면 96노204), 대법원의 사건(상고심)은 '도' (예를 들면 99도24)로 표기된다. '푸' 는 소년보호사건을 나타내는 말이다.

것이라는 확신이 들었다.

– 특히 이 기록에 나타난 사람 중 김준하와 박형기에 대하여 철저히 조사해 주십시오. 김준하와 박형기가 현재 어디서, 무엇을 하는 사람인지, 사건 당일 두 사람의 행적이 어떠하였는지에 대하여 철저하게 조사를 해주십시오.

김용훈 검사는 이미 사건 기록을 검토한 모양이었다.

– 그리고 이 사건 기록은 방금 두 분이 오기 전에 중요한 부분이 KNB방송국에 배포되었습니다. 그래서 오늘 중으로 어떠한 형태로든 보도가 될 것입니다.

김용훈 검사가 계속하여 말했다. 김용훈 검사의 말을 듣는 순간, 박경일 경위는 직감적으로 정시영 기자가 이미 김용훈 검사를 만났다고 판단했다.

이런 우라질! 정시영 기자가 그보다 한발 먼저 기록을 복사해 갔단 말인가. 명색이 수사기관에 근무하는 자가 수사관이 아닌 기자도 쉽게 생각할 수 있었던 숫자의 의미를 파악하지 못하고 있었다니!

박경일 경위가 조금만 더 신중하게 생각했더라면, 그 숫자가 법원의 사건번호를 지칭하는 것인지는 쉽게 알 수 있었던 일이었다.

오전 내내 성화를 부리던 정시영 기자의 전화는 오히려 이러한 사실을 알려주고자 했을지도 모른다는 생각이 들었다. 그런데 정작 자신은 정시영 기자가 그에게 어떤 정보를 얻고자 하는 전화라고 생각하고 아예 전화를 받지 않고 있었으니…. 박경일 경위는 스스로에게 화가 치밀었다.

– 음성메시지의 주인공이 이 기록의 사건번호를 언론에 제공한 것은 수사기관을 상대로 게임을 하고자 공개 도전한 것으로 판단했습니다. 그래서 혼자서 생각해 보았습니다. 언론에 정보를 제공한 메시지의 주인공의 의도가 무엇일까? 아마도 이 메시지의 주인공은 이 사건의 수사진행 과정이 언론에 공개되기를 바라는 것 같습니다. 그렇지 않고서야 이 사건 번호를 의도적으로 방송국에 제공할 리가 없을 테니까 말입니다. 두 분의 생각은 어떻습니까?

김용훈 검사의 말을 듣고 보니, 그럴 것 같았다. 범인이거나, 범인이 아니더라도 음성메시지의 주인공은 의도적으로 사건의 내막이 세상에 드러나기를 바라고 있다는 생각이 들었다.

결국 음성메시지의 주인공은 김용훈 검사의 말과 같이 수사기관을 상대로 언론을 이용한 게임을 하고자 의도하는 것이다.

– 그러고 보니 정말 그런 것 같네요. 이 메시지는 분명 저희들을 상대로 게임을 하고자 하는 것 같습니다.

박경일 경위가 말했다.

– 그렇다면 메시지의 의도대로 해주는 것이 범인을 이끌어내는 방법이 아니겠습니까? 그래서 이 사건 기록을 언론에 공개했습니다.

– 그러나 음성메시지를 보낸 사람이 범인이라고 확신할 수는 없지 않습니까? 더구나 최경호가 범인이라는 명확한 증거가 나타났는데, 최경호의 신병처리는 어떻게 하실 건가요?

최수환 경위가 말했다.

– 범인이 아니더라도, 범인으로 보이는 자의 음성메시지가 언론에

보도된 지금의 상태에서 최경호에 대한 구속영장을 신청한다면 정해현이 그냥 있겠습니까? 아마도 검찰이 여당의 선거를 방해한다고 발칵 뒤집혀지겠지요.

– 그러나 최경호의 머리카락이 피살자의 몸에서 발견되었는데, 이보다 더 분명한 증거가 어디에 있습니까?

최수환 경위는 범인으로 추정되는 자의 음성메시지가 있었음에도 불구하고 여전히 최경호가 범인이라고 확신하고 있었다.

– 그렇긴 하지만 이 기록에도 정해현과 최경호가 등장하니까, 먼저 이 기록에 나타난 사람들의 조사를 해본 후에 다시 최경호를 조사할 수도 있을 것 같습니다. 현재로서는 어쩔 수 없이 석방할 수밖에요. 다시 한 번 말씀드리지만, 이 사건 기록에 등장하는 사람들 모두에 대한 상세한 조사를 하여 보고해 주십시오. 음성메시지의 주인공이 이 사건의 사건번호를 제공한 의도는 이 사건에 관련된 사람들을 조사하라는 메시지가 아니겠습니까? 범인이 수사기관을 조롱하며 달려드는데, 질 수야 없지 않습니까?

김용훈 검사의 말은 다소 흥분해 있었다. 수사지휘 검사인 자신을 조롱하듯 언론에 단서가 될 만한 사건번호를 제공하는 음성메시지의 대담한 발상에 누구에게도 지기 싫어하는 강골 검사는 바짝 약이 올라 있었다.

돌아오는 차 속에서 최수환 경위가 말했다.

– 그 친구, 모타리는 콩알만한데, 제법 강단이 있는 친구네.

키가 작고 두터운 안경을 낀 작은 체구의 김용훈 검사를 빗대어 한 말이었다. 두 사람이 과제물 같은 수사기록을 안고 경찰서로 돌아왔을 때는 이미 퇴근시간이 가까워져 있었다.

최수환 경위가 사무실로 들어가기 전에 저녁이나 먹으러 가자고 이끌었다. 두 사람은 경찰서 후문 근처의 허름한 식당으로 갔다.

최수환 경위가 삼겹살 몇 조각을 불판 위에 올려놓고 뒤집고 있을 때, 식당의 선반에 놓여 있는 조그만 TV에서 저녁 뉴스가 진행되고 있었다. 화면에 정시영 기자의 모습이 나타났다.

– 김인환 당선자의 피살 관련 소식입니다. 어제 본 방송국에 제공된 음성메시지의 비밀이 밝혀졌습니다.

정시영 기자의 얼굴이 사라지고, 음성메시지가 흘러나왔다.

정시영 기자의 얼굴이 다시 화면에 나타났다.

– 어제 본 방송국에 제보된 '7×푸2407' 이란 숫자의 의미는 법원의 재판과 관련한 사건번호임이 밝혀졌습니다.

화면이 다시 바뀌면서 사건번호가 기재된 기록의 표지가 나타났다. 그것은 박경일 경위가 김용훈 검사에게서 받은 사건기록의 표지와 같은 표지였다.

– 이에 따라 검찰은 김인환 당선자의 피살이 이 사건번호의 사건과 관련이 있을 것으로 보고, 음성메시지가 제공한 사건기록에 나타난 피의자, 피해자 등 모든 관련자에 대한 사건당일의 행적에 수사력을 모으고 있습니다. 한편 검찰은 이번 사건의 유력한 용의자로 긴급체포한 최경호 보좌관에 대한 구속영장은 신청하지 않았습니다. 오늘 오후 최경호 보좌관은 석방되었습니다.

이어 화면이 바뀌며 최경호의 얼굴이 나타났다.

– 나는 무죄입니다. 검찰과 경찰은 사건을 조작하여 나를 범인으로 몰고 가려고 하였습니다. 그러나 이 땅에 정의가 살아있고, 법이 살아있는 한 저의 무죄는 반드시 밝혀질 것입니다.

최경호가 석방되면서 보도진들에 둘러싸여 인터뷰를 하는 장면이었다. 이어 정시영 기자의 멘트가 이어졌다.

– 오늘 석방된 최경호 보좌관은 여전히 범행 사실을 부인하며 무죄를 주장하고 있습니다. 앞으로의 검찰의 수사가 어떻게 진행될지 주목됩니다. 이상 KNB 뉴스 정시영입니다.

박경일 경위는 최경호가 석방되면서 그와 최수환 경위에게 퍼붓던 말을 떠올렸다.

'당신들 말이야. 어디 두고 봐. 죄 없는 사람을 이렇게 닦달해 놓고도 무사할 줄 알았어?'

TV의 화면에서 적의에 찬 최경호의 눈빛이 그대로 쏟아지고 있었다.

– 저 자식 말이야. 내 손으로 반드시 잡아넣고 말겠어. 명백한 증거가 있는데도 왜 석방시키는 거야? 이런 우라질!

최수환 경위가 반주 삼아 마시던 소주병을 들어 그대로 입속으로 털어 넣었다.

거리는 이미 어둠이 짙어가고 가고 있었다.

최경호의 말대로 누군가의 음모일지도 모른다. 그러나 여전히 최경호는 가장 유력한 용의자였다.

새로운 용의자

오월 중순밖에 되지 않았지만, 날씨는 이미 여름으로 접어들어 후덥지근했다. 박경일 경위와 최수환 경위는 김용훈 검사가 준 사건 기록에 나타난 인물 중의 한 사람인 김준하가 소장으로 있는 홍익문화연구소로 가기 위해 경찰서를 나서고 있었다.

박경일 경위가 차를 운전하여 시내로 들어서자 거리에는 김인환의 피살로 말미암아 다시 치러지는 재선거의 선거벽보와 현수막이 어지럽게 난무하고 있었다.

이미 이틀 전부터 선거유세가 시작되고 있었다. 정해현 후보의 독주로 끝날 것이라는 예상과는 달리 선거의 양상은 의외로 정해현 후보가 제1야당의 후보에게 고전하고 있다는 말들이 돌고 있었다. 그것은 비록 석방되긴 하였지만, 보좌관인 최경호가 여전히 김인환의 살인혐의를 완전히 벗지 못하였고, 그러한 사실을 야당 후보가 집요하게 공격하고 있기 때문이라는 것이었다.

홍익문화연구소는 B시 동쪽 외곽의 산기슭에 위치하고 있었다.

박경일 경위의 차가 현수막이 걸린 시내의 도로를 벗어나 산기슭으로 올라가는 2차선 산복도로의 가파른 오르막길로 접어들자, 야산으로 도로 주위에는 굵은 소나무와 잡목들이 우거져 있었다. 가파른 오르막길이 계속하여 이어지자, 고물이 다 된 차가 비명을 울리면서 고무 타는 냄새를 풍겼다. 그러나 얼마 지나지 않아 오르막길은 끝나고 시야가 확 트이면서 차창 밖으로 푸른 바다가 펼쳐지면서 산복도로의 허리를 가로지르는 평탄한 도로가 나타났다.

겨우 숨을 고른 차가 푸른 바다를 배경으로 얼마간 나아갔을 때, 도로 오른편에 '학교법인 홍익재단 부설 홍익문화연구소' 라는 별로 크지 않은 입간판 하나가 눈에 들어왔다.

박경일 경위는 그 입간판이 서 있는 왼편의 도로 갓길에 차를 세웠다.

산 아래 시가지의 전경 너머로 끝없이 펼쳐진 수평선이 마치 눈에 닿을 듯이 가깝게 다가왔다. 이 산복도로에서는 맑은 날이면 대마도가 보인다고 했다. 그러나 바다에는 섬은 보이지 않고 마냥 이어지는 수평선만이 펼쳐져 있었다.

– 야, 정말 가슴이 뻥 뚫리는 것 같군.

최수환 경위가 끝없이 펼쳐진 바다를 바라보며 두 팔을 크게 벌려 심호흡을 하면서 말했다.

두 사람이 서 있는 도로 아래의 산중턱에 홍익재단의 상징인 홍익고등학교의 건물이 마치 도시 속의 오아시스처럼 숲에 싸여 있었다.

학교법인 홍익재단은 구한말 독립운동가이자 대종교의 창시자인 나철 선생과 함께 독립운동에 평생을 바친 일석一石 홍창훈洪章勳 선생의 유족들이 고인의 유지를 받들어 설립한 재단이었다. 초대 이사장은 과거 국회의원을 지낸 고 홍한일洪韓一 박사였다. 홍한일 박사는 독립운동에 일생을 바친 아버지 일석 선생의 유지를 받들어 과거 일본에 의해 국권을 빼앗겼던 아픈 역사에 대한 경각심을 일깨우고자 일부러 대마도가 보이는 이 곳 산중턱에 학교 건물을 지었다고 했다. 그러한 생각을 가진 고 홍한일 박사가 주창한 교육이념은 민족혼으로써의 홍익정신이었고, 일석 선생의 유족들은 그들이 가진 모든 재산을 투자하여 이러한 교육이념을 실현할 인재를 양성하고자 학교법인 홍익재단을 설립한 것이었다.

특히 홍익재단의 상징인 홍익고등학교는 홍익인의 품성을 함양토록 하기 위하여 세운 영재학교로써 이 학교에 입학하는 사실만으로도 뉴스거리가 될 만했다. 홍익고등학교는 전교생 전원에게 장학금을 주고 전교생 전원이 엄격한 기숙사 생활을 한다고 했다.

그러나 그러한 훌륭한 뜻을 가졌던 홍한일 박사가 정치에 입문하여 국회의원이 된 이후 치명적인 도덕적 실수를 하여 자살을 하게 되는 사건이 있었고, 현재는 홍한일 박사의 둘째아들인 홍정익洪正益 이사장이 학교를 운영하고 있었다. 그러나 홍한일 박사의 자살 이후 실추된 이미지로 말미암아 학교 운영에 상당한 어려움을 겪고 있다는 것이었다.

박경일 경위나 최수환 경위도 십여 년 전 전국을 떠들썩하게 했던 고 홍한일 박사의 자살 사건을 잘 알고 있었다.

이와 같은 홍익재단의 부설 홍익문화연구소는 그 입간판이 서있는 곳에서 아스팔트 포장의 2차선 도로를 벗어나 오른편의 산 위쪽으로 약 이백 미터 정도의 시멘트 포장도로를 따라 들어간 숲 속에 있었다. 얼핏 보면 흡사 숲속에 있는 작은 암자를 연상시키는 한옥 한 채가 있고, 그 한옥 뒤에 강당으로 보이는 제법 큰 벽돌 건물이 서 있었다.

박경일 경위는 그 한옥 앞에 마련된 주차장에 차를 세웠다. 주차장의 동쪽 끝에 제단을 쌓아 만든 단군상이 있었다. 그 단군상이 있는 제단의 주위로는 인공으로 만든 연못이 있었고, 그 연못의 중앙에 쌓인 제단 위에 앉은 단군 할아버지가 산 아래로 펼쳐진 시가지와 망망하게 펼쳐진 바다를 굽어보고 있었다. 제법 넓고 깊게 파여진 연못에는 수련과 부레옥잠 등 수생식물이 자라고 있었고, 그러한 수생식물의 사이에서 붉고 하얀 비단잉어와 금붕어들이 노닐고 있었다.

박경일 경위는 그 단군상의 의미를 알 것 같았다. 홍익사상은 우리나라의 국조인 단군의 이념이 아닌가. 그러한 단군사상을 연구하는 홍익재단의 부설 홍익문화연구소에 단군상이 있다는 것은 당연한 모습이라는 생각이 들었다.

박경일 경위와 최수환 경위가 한옥으로 오르는 돌계단을 올라가자, 한옥의 전면에 있는 문이 열리며 대학생차림의 여자가 나와 공손하게 인사를 했다.

– 어서 오십시오. 중부경찰서에서 오셨습니까?

두 사람은 여자를 따라 안으로 들어섰다. 한옥의 바깥은 그리 크게 보이지 않았는데, 사무실로 사용되는 안은 제법 넓었다. 출입문 입구 우측 편에 책상이 두 개 놓여 있고, 좌측 편에 책상이 하나 놓인 중간에 응접용 소파가 있었다. 그 소파 뒤쪽에 따로 칸막이를 한 별도의 방이 마련되어 있었다. 사무실 오른쪽 벽에 고 홍일한 박사의 낙관이 새겨진 '弘益人間理化世界(홍익인간 이화세계)' 라는 휘호가 쓰인 액자가 유난히 눈에 띄었다.

입구 왼쪽 책상 앞에 앉아있던 남자가 일어서서 손을 내밀며 그들을 맞았다.

– 어서 오십시오. 사무처장 박형기입니다.

박경일 경위가 박형기라고 자신을 소개하는 남자의 얼굴을 바라보며 손을 잡았다. 순간 박경일 경위는 마치 냉혈동물의 피부를 만지는 것 같은 차가운 감촉에 움찔 놀랐다. 역삼각형을 한 박형기의 얼굴에 박힌 두 눈은 마치 뱀의 눈처럼 작았다. 그 눈이 한곳에 초점을 두지 못하고 안절부절못하며 방황하고 있었다.

박형기의 그러한 눈빛은 작은 이익을 좇아 자신과 타인을 기만하는 데 능한 사람에게서 볼 수 있는 간특한 눈빛이었다. 그 눈빛은 아주 지능적인 사기범들에게서 볼 수 있는 영악한 눈빛이었다. 그것은 자기의 범죄사실이 드러날까봐 안절부절못하는 조바심과 두려움이 깃든 전형적인 범죄자의 눈빛이었다.

박경일 경위의 이러한 느낌은 김용훈 검사가 건네준 기록을 읽으면서

느낀 박형기에 대한 선입견 때문만은 아니었다. 분명 박형기는 경찰 신분인 박경일 경위나 최수환 경위의 방문에 초조감을 드러내고 있었다. 그는 무엇을 감추고 있는 것이 틀림없었다. 김인환의 피살과 관계가 있다면 박형기는 어쩌면 그 간특함으로 쉽게 자백할지도 모른다.

박경일 경위가 그러한 생각을 하고 있을 때, 소파 뒤의 칸막이 뒤쪽에서 회색 개량 한복을 입은 남자가 나타났다.

– 어서 오십시오. 김준하입니다.

김준하라는 남자의 목소리는 부드러웠다. 그러나 그 부드러운 목소리에는 어느 누구라도 쉽게 범접하지 못할 위엄이 있었다.

김용훈 검사가 건네준 기록은 두 개의 사건 기록이었다. 김용훈 검사의 방에서는 보지 않았지만, 사무실로 돌아와 기록을 보았을 때 7×푸2407호라는 사건기록 뒤에 또 하나의 사건기록이 편철되어 있었던 것이다.

음성메시지의 주인공이 언급한 7×푸2407호 소년보호 사건은 의외로 간단한 사건이었다.

그 사건은 같은 고등학교의 같은 반에 있던 학생들 간의 싸움이 발단이 되어 한 학생이 다른 학생 하나를 칼로 상해를 입힌 사건이었다. 그런데 그 사건 속에서의 가해자가 김준하라는 학생이었다.

그러나 기록 속에서 김준하는 당시 피해자가 스스로 자기의 배를 찔러 자해를 한 것이고, 더욱이나 자기는 칼을 가지고 있지도 않았다고 범행사실을 부인하고 있었다. 그러나 이러한 김준하의 주장은 당시 사건 현장에 있었던 몇몇 학생의 진술에 의하여 부인되었고, 결국 이 사건에서 김준하는 법원에서 소년원 송치를 받은 사건이었다.

그런데 이 사건에서 당시 김준하를 특수상해죄로 기소한 담당 수사검사가 김인환이었다.

이러한 사건 기록의 뒤에 편철된 또 하나의 사건기록은 아마도 김용훈 검사가 김준하라는 인물의 전과 조회에 나타난 사건기록을 찾아내어 편철한 것으로 보였다.

이 사건 기록은 김준하의 국가보안법위반 사건 기록이었다. 이 사건은 김준하가 대학에 입학하고 나서 홍익문화연구회라는 동아리의 회장으로 있는 동안에 북한의 지령을 받은 자로부터 행동강령 지침을 받아 당시 대학의 데모를 선동하였다는 내용이었다.

이 사건에서도 김준하는 자기의 범행 사실을 끝까지 부인하고 있었다. 그러나 사건 기록에 나타난 증인의 증언에 의하여 김준하의 주장은 인정되지 않았고, 이 사건에 의하여 김준하는 실형 삼년을 언도받은 사건이었다.

그런데 당시 이 사건을 담당했던 공안검사도 또한 바로 김인환이었다. 이 두 개의 사건을 담당했던 수사검사인 김인환이 피살되었던 것이다.

그러면 이 두 개의 사건에서 김인환을 살해할 동기를 가진 사람은 누구인가.

김준하를 제외한 나머지 사람들은 모두 당시 김준하의 공소 사실에 대하여 유죄를 입증하는 데에 협조한 사람들로서 이들이 김인환을 살해할 동기를 가질 수는 없었다. 따라서 이 두 개의 사건에 한정하여 본다면 김인환을 살해할 동기를 가진 사람은 김준하밖에 없었다. 특히 사건 기록에 나타난 바와 같이 범행 사실을 부인했던 김준하의 주장이 사실이라면, 김준하는 억울한 누명을 쓰고 소년원과 교도소에 간 것이었다. 이 경우 김준하는 자신을 수사하고 기소한 당시의 검사인 김인환에게 보복할 마음이 생겼던 것은 어쩌면 당연한 것인지도 몰랐다.

수사 기록을 검토한 박경일 경위의 생각에는 적어도 기록 속에 나타난 인물 중에서 김인환을 살해할 동기를 가진 사람은 김준하밖에 없었다. 박경일 경위의 이러한 생각과 김용훈 검사의 생각도 마찬가지였기 때문에, 김용훈 검사는 수사기록을 건네주면서 특히 김준하에 대하여 철저히 조사할 것을 지시한 것이라는 생각이 들었다.

그런데 음성메시지를 보낸 자가 전달하고자 한 의도는 무엇일까? 음성메시지가 방송국에 도착한 시점 당시 정해현과 최경호는 이미 수사기관의 수사망에 포착되어 있었다. 음성메시지와 관련하여 이 두 사람은 아무 상관이 없었다. 음성메시지의 지적에 의하여 수사망에 새롭게 등장한 사람은 김준하인 것이다. 음성메시지의 의도는 김인환의 피살이 김준하의 개인적인 복수에 의한 살인인데도 불구하고, 수사기관이 최경호를 긴급체포하는 등 수사가 엉뚱한 곳으로 진행되자, 메시지를 보냄으로써 수사의 흐름을 올바른 방향으로 되돌려 놓고자 한 것이라는 가정이 가능했다. 음성메시지의 진정한 목표는 당연히 김준하인 것이다.

박경일 경위는 음성메시지가 언급한 소년보호 사건의 피의자신문조서에 진술되어 있는 김준하의 진술에 특히 주목했다. 그 피의자신문조서는 김인환이 직접 작성한 것이었고, 이 피의자신문조서 중에는 다음과 같은 기록이 있었다.

'(이때 피의자가 전혀 반성하는 기색이 없이 갑자기 절규하는 목소리로) 지금부터 나에게 영혼은 없어. 당신들에게 복수할 거야. 이제부터는 내가 당신들을 심판하겠어. 내 손으로 반드시 당신을 죽이고 말겠어.'

그러나 최수환 경위의 생각은 다소 달랐다. 최수환 경위는 피살자의 목에서 최경호의 머리카락이 발견된 점을 들어, 음성메지지가 전달하고자 하는 의도는 이 범행이 최경호와 김준하의 공범관계를 강조하기 위한 것으로 해석했다. 즉 정해현이 선거에서 패배하자 최경호와 김준하를 시켜 김인환을 살해하였고, 이러한 범행과정에서 최경호의 머리카락이 피살자의 목에 떨어졌을 개연성이 가장 높다는 가정이었다. 이러한 가정에 의할 경우, 음성메시지를 보낸 자의 의도는 수사기관이 최경호를 체포하였지만 최경호가 범행을 부인하고 김준하와의 공범관계도 밝혀 내지 못하자, 김준하를 수사하면 범행의 전모가 밝혀질 것이라는 사실을 알려주기 위한 것이라고 해석해야 한다는 것이다. 최수환 경위는 최경호를 석방시킨 것은 메시지의 의도를 오히려 역행한 것이라고 하면서 그를 석방한 것을 못내 아쉬워했다. 최수환 경위는 피살자의 목에서 최경호의 머리카락이 발견된 것은 움직일 수 없는 명확한 증거이므로 이 범행은 정해현의 지시 또는 교사에 의하여 최경호와 김준하가 공동으로 저지른 범행이라는 점을 확신하고 있었다. 그러면서 지금부터라도 이러한 사실을 입증하는 데 수사력을 모아야 할 것이라고 주장했다.

그러나 문제는 있다. 김인환의 살인을 실행함에 있어 김준하가 단독으로 하였느냐, 아니면 최경호와 김준하가 공동으로 했느냐 그것이 문제다. 그리고 이 범행의 목적이 정적을 제거하고자 하는 정치적 목적에 의하여 정해현이 주도한 범행이냐, 김인환의 과거 행위에 대한 개인적인 복수냐, 즉 정치적 목적에 의한 정해현의 정적 제거인가, 아니면 과거의 원한에 의한 김준하의 복수인가. 범행의 목적이 무엇이냐를 불문하고 공통된 점은 음성메시지가 보낸 사건 번호의 기록 속에서 새롭게 등장한 핵심 인물인 김준하를 조사해야 한다는 것에는 의문의 여지가 없었다.

그래서 박경일 경위와 최수환 경위는 기록 속에서 새로운 용의자로 나타난 김준하라는 인물의 조사에 착수했고, 김준하가 홍익재단 부설의 홍익문화연구소의 소장으로 있다는 사실을 알게 되었던 것이다.

– 잘 아시겠지만, 이번에 국회의원에 입후보하였다가 살해된 김인환과 소장님의 관계에 대해 몇 가지 물어보겠습니다.

박경일 경위가 응접테이블 위에 놓인 찻잔을 들어 한 모금 마시고서 마주 앉은 김준하 소장에게 말했다.

– 그 사람과 내가 무슨 관계가 있다는 말씀입니까?

김준하 소장 역시 찻잔을 들어 가볍게 차를 마시면서 대수롭지 않다는 듯 부드럽게 말했다.

– 혹시 기분 나쁘게 들리겠지만, 소장님은 과거에 특수상해 사건으

로 기소되어 소년원에 들어갔던 사실이 있고, 국가보안법 위반으로 구금생활을 한 적이 있더군요.

– 그것이 그 사람과 무슨 상관이란 말씀입니까?

– 소장님이 관여됐던 당시 그 사건을 담당했던 검사가 이번에 살해된 김인환이었습니다. 그리고 당시의 수사기록을 보니, 소장님께서는 당시의 사건에서 범죄사실을 완강히 부인하고 있더군요. 당시의 사건에서 소장님은 혹시 누명을 썼던 것은 아닌가요?

– 무엇을 알기 위해 그런 말을 하는지는 모르겠지만, 삼십년이 지난 지금에 와서 내가 누명을 썼다고 한들 그것이 무슨 소용이 있겠습니까? 당시의 사건은 수사기록에 나와 있는 그대로입니다.

– 수사기록에 나와 있는 그대로라면, 당시 범행을 부인하고 있었던 소장님은 그 사건에서 억울하게 누명을 썼다는 것이 사실이라는 말인가요?

– 편리한 대로 생각하십시오. 제 대답은 여전히 수사기록에 나와 있는 그대로라는 것입니다.

– 그렇다면 소장님께서는 억울한 누명을 씌워 처벌을 받게 만든 당시의 담당검사인 김인환에게 보복할 마음이 들었을 수도 있었겠군요?

– 이제 보니 두 분께서는 과거의 사건에 대한 앙갚음으로 혹시 내가 김인환을 보복살해라도 하지 않았는가 하는 혐의를 두고 찾아온 것 같군요.

– 솔직히 말하면, 그렇습니다.

– 그런 문제라면 정식으로 소환장을 보내십시오. 언제든지 소환에

응하겠습니다. 그리고 당시의 사건에 대해서는 수사기록에 있는 그대로라고 다시 한 번 말씀을 드리고 싶군요.

얼굴이 약간 경색되긴 하였지만, 김준하 소장은 여전히 얼굴에 웃음을 띤 채로 부드럽게 말했다.

– 조사한 바에 의하면 소장님과 사무처장 박형기 씨는 김인환이 피살된 당일의 시점에 집에 없었습니다. 그때 어디에 있었습니까?

옆에서 듣고 있던 최수환 경위가 더 이상 참지 못하고 목소리를 높이며 끼어들었다.

순간 실내의 분위기가 갑자기 냉랭하게 변했다. 박경일 경위는 김준하 소장의 곁에 앉아 얘기를 듣고 있던 박형기를 보았다. 박형기의 얼굴 표정이 갑자기 당혹감에 휩싸이고 있었다. 박형기의 세모꼴의 얼굴에 붙은 작은 눈이 초조하게 깜빡거리고 있었다. 그러한 박형기의 태도를 간파한 최수환 경위가 다그치듯 박형기에게 말했다.

– 박형기 씨, 당신은 김인환이 피살된 당일 집으로 찾아온 누군가와 함께 집을 나가 들어오지 않았어. 사건 당일 밤, 당신을 찾아온 사람은 누구였고, 어디에 있었는지 말해줄 수 있어요?

최수환 경위가 박형기를 쏘아보며 큰소리로 다그쳤다. 박형기의 얼굴이 일순 겁에 질린 표정으로 변했다. 박형기의 어깨가 떨리는 듯했다.

– 이제 보니 상당히 무례하신 분들이군요. 그런 문제라면 정식으로 소환장을 보내라고 말씀드렸지 않았습니까? 사무처장과 내가 김인환을 살해하기라도 한 어떤 증거라도 있으면 언제든지 오십시오. 나는 언제나 여기에 있을 겁니다. 그럼 그만 일어나실까요?

김준하 소장이 최수환 경위의 말을 가로채고 자리에서 일어나며 말했다. 그러한 김준하 소장의 태도는 박형기의 태도와는 다르게 침착했다.

박경일 경위는 그러한 김준하의 침착함이 오히려 이상하게 느껴졌다. 어쩌면 김준하는 고도의 계산된 행동을 하고 있을지도 모른다.

홍익문화연구소의 사무실을 나오면서 얼핏 박경일 경위는 고개를 주억거렸다.

홍익문화연구소로 오기까지 맑았던 하늘이 그새 잔뜩 흐려져 있었다. 하늘을 덮은 시커먼 구름으로 산 아래로 펼쳐진 시가지는 진회색 빛으로 드리워져 있었다. 소나기가 내리기에는 아직 이른 오월 중순의 늦은 봄인데도 마치 한바탕 퍼부을 것 같은 짙은 구름이었다.

박경일 경위가 차의 시동을 거는 순간, 찰나의 섬광이 하늘을 가르며 천둥소리가 울렸다. 차가 홍익문화연구소에 이르는 시멘트 포장도로를 벗어나 이차선 아스팔트 도로로 접어들었을 때, 하늘은 드디어 비를 뿌리기 시작했다.

박경일 경위의 옆에 앉은 최수환 경위가 말했다.

– 박형기라는 사무처장 말이야. 아무래도 뭘 숨기고 있는 것 같지 않았어? 그리고 소장이라는 작자의 태도가 너무 침착한 것도 아무래도 이상해. 곧바로 압수수색에 들어가야 할 것 같은데?

– 증거가 없잖아. 증거라고 해봐야 언론에 공개된 음성메시지밖에 없는데, 그것만으로 압수수색 영장이 발부될 수 있을까. 그것보다는 박형기와 김준하를 조금 더 밀착 감시하다가 기회를 포착하는 것이 더

나을 것 같아.

– 그러는 동안에 증거를 인멸해버리면?

– 그 사람들이 범인이라고 한다면, 사건이 발생한 지가 언제인데 지금까지도 증거가 될 만한 것을 그대로 보관하고 있겠어. 괜히 압수수색을 한다고 법석을 떨어 오히려 도망할 기회를 주기보다는 은밀하게 감시하는 것이 더 나을 것 같아.

– 하긴 그래! 범인이 이제까지 증거를 그대로 보관하고 있을 리가 만무하지. 그런데 왜 이리 갑갑한 거야. 에이, 비라도 실컷 내렸으면 좋겠다.

최수환 경위가 말하는 순간 차창 밖에서 다시 한 번 섬광이 하늘을 가르면서 천둥이 울려 퍼졌다. 그때까지 간간히 흩뿌리던 비가 갑자기 소나기로 변하면서 세찬 빗줄기가 차창을 때리기 시작했다. 산복도로에서 바라다 보이는 도시가 완전히 빗속에 잠겨들고 있었다.

사건은 김준하의 보복살인이냐, 정해현의 정적 살해냐의 두 가지 갈림길에 들어서 있다. 사건의 실체는 조만간 그 모습을 드러낼 것이다.

박경일 경위가 오월의 이른 소나기 속으로 차를 몰고 사무실로 돌아오는 길, 길가 벽에 붙은 선거벽보 속, 환히 웃고 있는 정해현의 얼굴에 비가 쏟아지고 있었다.

도 주

경찰서에서 나온 수사관이 돌아간 직후, 곧바로 퇴근을 한 박형기는 집에 돌아오자마자 서둘러 옷을 갈아입고 정원으로 나왔다. 집에는 아무도 없었다. 그의 아내는 이미 육 개월 전에 이혼한 후 집을 나간 뒤였다.

한바탕 줄기차게 내리던 비는 이제는 빗줄기가 많이 약해져 있었다. 박형기의 집은 서른 평 정도가 될까 말까만 작은 정원이 딸린 단층 양옥집이었다. 그 정원의 담장 곁에 제법 큰 목련나무가 서 있었다. 이미 꽃이 져버린 목련나무는 무성한 잎을 드리우고 있었다.

그는 우산도 쓰지 않은 채 정원으로 나가 담장 곁에 세워 두고 있던 삽으로 목련나무 아래를 파기 시작했다. 박형기가 약 오십 센티미터 깊이의 구덩이를 팠을 때, 구덩이 속에서 뭔가가 나왔다. 박형기가 구덩이에서 꺼낸 것은 검은 비닐봉투를 테이프로 감아 봉한 물건이었다. 비닐봉투를 꺼낸 박형기는 구덩이를 다시 흙으로 메운 후 그 위에 떨어진 나뭇잎을 덮어 표시가 나지 않게 하였다. 내리는 비가 새로 파헤친 흙을 씻어내어 박형기가 판 구덩이는 이내 지표면의 다른 부분과 구분할 수 없게 되었다. 비는 많이 약해져 있었지만, 구덩이에서 물건을 꺼낼 동안에 맞은 비는 이미 박형기의 온몸을 적시고 있었다. 방안으로 들어온 박형기는 서둘러 옷을 갈아입고는 비닐봉투를 감은 테이프를 가위로 자르고 봉투에 감싼 물건을 꺼냈다. 그 속에서 피가 말라붙은 등산용 나이프 하나가 나왔다. 박형기는 휴대전화를 꺼내어 그 나이프를 동영상으로 촬영하고는 비닐봉투를 다시 테이프로 단단히 봉했다. 박형기가 봉투를 들고 밖으로 나와 골목길에 주차되어 있는 차를 몰았다.

박형기가 도착한 곳은 그가 방금 전에 퇴근했던 홍익문화연구소였다. 모두가 퇴근해 버린 홍익문화연구소는 어둠에 쌓여 있었다. 차에서 내린 박형기가 비닐봉투로 봉한 물건을 들고 단군상이 있는 연못가로 가 그 물건을 물속으로 던졌다.

다시 집으로 돌아온 박형기가 책상 위에 있는 작은 메모지에 뭔가를 적었다.

이제 법정선거 운동 기간도 이미 반을 넘기고 선거일이 바로 눈앞에 다가오고 있었다. 그러나 정해현은 점점 더 절망적인 상태로 빠져들고 있었다. 김인환이 없어져 버린 재선거에서 정해현이 당선될 것이라는 것은 의심할 여지가 없었다. 적어도 최경호의 긴급체포라는 사태가 발생하기까지는 그랬다. 이때까지만 해도 자체 여론조사에서 정해현이 기타의 다른 후보를 압도적인 포인트로 앞서는 것으로 조사되었다.

그런데 법정선거운동 기간을 앞둔 시점에서 터져버린 최경호의 긴급체포라는 악재가 돌출하는 바람에 선거운동이 시작된 직후의 자체 여론조사는 오히려 정해현이 뒤지는 것으로 나타났다.

그러나 그러한 돌출된 악재도 최경호가 석방됨으로써 곧 호전될 것으로 여겼지만 그것은 정해현의 오산이었다. 시간이 지날수록 정해현의 지지도는 오히려 더 낮아졌고, 선거운동의 반환점을 돌아선 지금 자체 여론조사 결과 야당 후보와의 격차가 더욱 벌어져, 이제는 선거 초반보다 이미 10% 포인트나 뒤지는 것으로 나타나고 있었다.

이미 여론은 김인환의 살해에 정해현이 관련된 것으로 기정사실화하고 있었고, 이것은 야당 후보가 줄기차게 제기한 김인환의 피살을 호재로 삼은 공세의 결과이기도 했다. 국면을 반전시킬 마땅한 대책이 전혀 없었다. 지금 당장 김인환을 살해한 진범이 검거된다면 또 몰라도. 이런 상태에서 상황을 반전시킬 어떠한 수단이라도 있다면 망설이고 있을 여유가 없었다. 현재의 상황에서 선거에서 이길 방법만 있다면 무슨 일이라도 해야만 했다.

여덟시 이십분 전.

정해현은 다른 모든 약속을 취소하게 하고 택시를 타고 SK빌딩으로 가고 있었다. 오후에 있었던 중앙시장의 방문 유세에서 상인들을 만나 일일이 악수를 하며 한 표를 호소하는 그의 손을 잡는 낯익은 얼굴이 있었다.

사년 전, 그가 처음으로 국회의원에 출마했을 때, 그의 선거운동을 도왔던 얼굴이었다. 아니, 그 보다 훨씬 이전에 그의 음모에 가담한 적이 있는 얼굴이었다. 그러나 정해현은 당선되고 난 후, 그 얼굴을 버렸다. 그런 인간을 그의 곁에 오래두면 반드시 사고를 낼 위인이라고 판단했던 것이다.

이번 선거가 끝나면 그는 최경호도 버릴 참이었다. 현재 그가 고전하고 있는 것은 순전히 최경호 때문이었다. 아니, 어쩌면 야당 후보의 주장과 같이 최경호가 실제로 김인환을 살해했을지도 모르는 일이었다. 최경호를 그의 곁에 두었다가는 무슨 일이 터질지 몰랐다. 이제는 사년 전 그 낯익은 얼굴을 버렸던 것처럼 최경호도 버릴 것이다.

그런데 버렸던 그 낯익은 얼굴이 나타나 그의 손을 잡은 것이다. 그의 손을 잡은 그 낯익은 얼굴의 손이 그의 손바닥에 작은 메모지를 건네주고 있었다. 유세를 하는 도중, 시장 화장실에서 은밀히 펼쳐본 메모지에는 다음과 같이 적혀 있었다.

'김인환 살인 사건에 대한 중요한 정보가 있습니다. 오늘 저녁 8시, SK빌딩 8층 일식집 동경에서 은밀히 만나고 싶습니다. 반드시 혼자 나오시기 바랍니다.'

정해현이 SK빌딩 팔층에 위치한 일식집 '동경' 으로 들어서자, 미리 일러 놓은 듯 여종업원이 그를 작은 방으로 안내했다. 방 안에 낯에 보았던 얼굴이 혼자 앉아 있다가 그가 방안으로 들어서자 황급히 일어섰다. 박형기였다.

– 정말 오랜만이군. 그래 그 동안 어떻게 지냈나? 그것보다도, 그래 중요한 정보라는 게 뭔가?

여종업원이 테이블 위에 음식을 차려 놓고 나가자마자, 정해현이 단도직입적으로 물었다.

– 그것보다도 이번 선거에서 많이 고전하고 계시다고요?

박형기가 말했다.

– 누가 그래? 나는 지지 않아.

– 그렇다면 제가 드릴 정보는 소용이 없겠습니다. 혹시나 도움이 될까 했는데….

박형기가 일어섰다. 그는 정말 가버릴 듯이 문을 열고 있었다.

– 잠깐 앉아 봐. 메모에는 김인환 살인 사건에 대한 정보라고 했는데?

– 제가 김인환을 살해한 사람을 알고 있다면 도움이 되겠습니까?

– 그걸 내가 어떻게 믿나?

– 먼저 이것을 한 번 보시고 말씀하시죠.

박형기가 휴대전화를 내밀었다. 폴더가 열린 휴대전화에 동영상 화면 하나가 찍혀 있었다.

– 이것이 뭔가?

– 보시다시피 칼을 찍은 사진이지요.

– 이것이 뭐 어떻다는 것인가?

– 이것이 김인환의 살해에 쓰인 범행도구라고 한다면 효용가치가 있을 것 같습니까?

– 거짓말 아니지? 조건이 뭔가?

– 십억, 내일 정오까지 현금으로 제가 지정하는 통장에 입금시키는 것입니다. 입금 즉시 제가 가진 자료를 모두 드리겠습니다.

– 뭐라고? 무슨 소리를 하는 거야? 지금 누굴 놀리고 있나? 어디서 났는지도 모르는 사진 하나를 보고 십억을 내라는 건가? 그리고 하루 동안에 어디서 그 많은 현금을 구해.

– 금배지의 값이 십억이라면 싸지 않습니까? 비자금으로 쓰기 위한 현금은 이미 확보해두고 있는 것으로 아는데요.

– 지금 흥정을 하자는 건가? 어떤 의도를 가지고 이러는지는 모르겠지만, 나한텐 안 통해. 지금 당장 경찰을 불러 자네를 잡아가게 할 수도 있어.

– 경찰을 불러보시죠. 제가 경찰에 가는 순간 저는 이 사진 속의 물건을 최경호 보좌관이 가지고 있고, 김인환의 살해는 의원님의 지시에 의하여 최경호와 내가 한 것이라고 할 것입니다. 그러면 그것이 사실이든 아니든 이번 선거의 결과뿐만 아니라 의원님의 신상에도 이로울 것이 없겠죠.

– 너, 지금 나를 협박하고 있는 거야?

– 협박이 아니라 도우려고 왔다고 하지 않았습니까? 그리고 이 사진 속의 물건이 어디에 있는지도 알고 있습니다. 또한 김인환을 살해한 범인이 누구인지도 알고 있고요. 만약 내일까지 의원님께서 제 요

구를 들어주신다면, 저는 이 사진 속의 물건의 소재지와 진범이 누구인지를 의원님께 알려 드릴 것입니다. 그렇게 되면 최경호 보좌관의 혐의도 완전히 벗겨지고, 의원님도 당선될 수 있지 않겠습니까? 어떻습니까? 해볼 만한 흥정이 아닙니까? 내일 정오까지입니다. 그리고 입금시킬 계좌는 이 계좌입니다. 반드시 현금으로 입금하셔야 한다는 것을 명심해 주십시오.

박형기가 작은 눈을 깜빡거리면서 계좌번호가 적힌 쪽지 하나를 정해현에게 내밀고는 자리에서 일어섰다.

– 잠깐, 이렇게 하도록 하지. 내일 정오까지 일단 오억을 입금시키고, 자네가 주는 물건의 소재지와 정보가 확실하다고 하다면 추가로 오억을 입금시키겠어. 그래야 공평한 흥정이 되지 않겠나?

– 좋습니다. 저의 정보를 받아보시면 의원님은 틀림없이 수긍하실 것입니다. 내일 정오까지 입금된 사실이 확인되면, 저는 오후 한시까지 물건의 소재지와 진범의 정체를 의원님께 알려드리도록 하겠습니다. 제가 보내는 정보를 받는 즉시 나머지 오억을 같은 계좌로 입금시키십시오. 만약 입금시키지 않는다면, 저는 그 물건이 최경호 보좌관의 집에서 나온 것이라고 언론에 제보할 것입니다.

정해현과 흥정을 끝낸 박형기는 곧바로 SK빌딩 지하주차장에 주차시켜 둔 차를 타고 나와 일부러 시내에서 가장 혼잡한 도로인 S가로 차를 몰았다. 아침에 집을 나올 때부터 어쩐지 누군가가 그를 미행하고 있다는 느낌을 지울 수가 없었던 것이다. 박형기는 차를 운전하면서 수시로 백미러로 뒤를 유심히 관찰하면서 혹시 그를 미행하고 있는 차가 있는지를 살펴보았다. 그러나 혼잡한 도로에서 어느 차가 그를 미행하고 있는지는 그 자신도 알 수가 없었다.

그는 혼잡한 도로를 벗어나 부두로 연결되는 비교적 차량 통행이 뜸한 해안도로로 차를 몰았다. 이와 같은 한적한 도로라면 그를 미행하고 있는 차량을 발견할 수 있을 것이다. 그러나 특별히 그를 미행하고 있다는 느낌이 드는 차량은 없었다.

박형기는 다시 시내로 차를 몰아 프린스호텔의 지하주차장에 차를 세웠다. 지하주차장까지 혹시나 그를 미행하고 따라온 차량이 있는가를 보기 위해 한참을 차안에서 기다렸으나 뒤따라온 차는 없는 것 같았다.

내가 너무 예민해졌나?

박형기는 혼자 생각하면서 엘리베이터를 타고 곧바로 구층으로 올라가 911호실 앞에 멈추고는 가볍게 세 번 노크를 했다. 그 소리를 기다렸다는 듯이 객실의 문이 열렸다. 급히 안으로 들어선 박형기가 문을 열어준 여자의 허리를 껴안았다.

박형기는 그의 오른팔 위에 엎드려 있는 여자의 벗은 몸을 옆으로 뉘이고는 옷을 벗은 채로 침대에서 빠져나와 창가에 서서 담배를 피워 물었다. 호텔의 구층 객실에서 바라다 보이는 밤바다는 정박한 배들의 불빛으로 환했다. 그의 가슴에는 만감이 교차하고 있었다.

내일이면 이제 그가 태어나고 자란 이 땅과도 기약 없는 이별을 할 것이었다. 날이 밝자 마자 그는 공항으로 출발할 것이다. 이미 그는 내일 아침 일곱시 인천공항으로 출발하는 항공권을 예매해 둔 상태였다.

그리고 내일 오후 한시 삼십분이면 인천공항에서 출발하는 뉴욕행 항공기에 몸을 싣고 있을 것이었다.

정해현은 결코 그의 요구를 거부하지 못할 것이다. 그는 내일 정오 정해현의 입금 사실을 인천공항에서 확인한 후 오후 한시 삼십분에 예약해 둔 뉴욕행 항공기에 탑승하기 직전 홍익문화연구소의 단군상 아래 연못에 넣어둔 살해 도구와 김인환을 살해한 범인이 김준하 소장이라는 사실을 정해현에게 알려줄 참이었다. 그러면 정해현은 다시 오억 원을 입금시킬 것이다. 그가 추가의 돈을 입금시키지 않으면 살해도구가 최경호 보좌관의 집에서 나온 것이라고 언론에 제보할 것이라고 하였기 때문에 정해현은 결코 그와의 약속을 어기지 않을 것이다.

박형기가 정해현에게 건넨 계좌는 이미 육 개월 전에 이혼을 한 후 그가 새로 사귄 여자 명의의 계좌였다. 그 여자가 방금 그와의 관계를 마치고 침대에 엎드려 누워 있었다. 여자는 그가 뉴욕으로 출발한 후 정해현이 입금시킨 돈을 인출하여 미국으로 송금한 후에 뉴욕에서 그와 합류하기로 되어 있었다. 그가 뉴욕으로 떠난 후에 체포된 김준하 소장이 박형기가 공범이라고 해봐야 그는 이미 정해현이 준 돈으로 라스베가스 어느 슬롯머신 기계 앞에 앉아 있을 것이었다.

– 박 경위님, 박형기가 일곱시 비행기로 인천공항으로 떠났습니다.

홍익문화연구소를 다녀 온 다음날부터 박형기를 밀착 감시하게 한 홍 형사가 막 출근 준비를 하고 있던 박경일 경위의 휴대전화에다 다급한 목소리로 소리치고 있었다.

– 인천공항? 확실해?

– 예, 방금 개찰구를 빠져나간 사실을 확인하였습니다.

인천공항이라. 혹시 박형기가 외국으로 도주해버리는 것은 아닐까. 순간적으로 박형기를 추적해야 한다는 생각이 들었다.

– 지금 즉시 인천공항으로 가는 다음 비행기가 몇 시에 있는지 알아봐.

박경일 경위는 홍 형사에게 그렇게 지시하는 한편으로 곧바로 경찰서에 전화를 걸어 혹시 인천공항에서 외국으로 나가는 탑승객의 명단에 박형기의 이름이 있는지를 각 항공사에 알아보도록 조치를 취했다.

– 인천공항으로 가는 다음 비행기는 열두시 아시아나 항공편이 제일 빠른 것이라고 합니다.

박경일 경위가 막 차의 시동을 거는 순간 홍 형사가 다시 전화를 해왔다. 열두시라면 항공편으로 박형기를 따라잡기에는 이미 늦었다.

어떡한다.

이미 박형기는 인천공항으로 가는 비행기를 탔다고 했다.

– 박 경위님, 박형기가 오후 한시 삼십분 뉴욕행 대한항공 여객기의 탑승객 명단에 있다고 합니다.

박경일 경위가 서둘러 차를 운전하여 경찰서로 향하고 있을 동안, 방금 인천공항으로부터 연락을 받았다는 이 형사가 연락을 해왔다.

박형기가 도주를 하고 있다. 체포해야 한다. 오후 한시 삼십분이라면.

– 최수환 경위에게 곧바로 연락해.

박경일 경위가 경찰서로 들어서고 있을 때, 이미 정문 앞에 순찰차를 대기시켜 놓고 있던 최수환 경위가 열린 차창 문으로 소리쳤다.

– 꾸물거리지 말고 빨리 타.

박경일 경위가 시동도 꺼지 않은 채 차에서 내려 순찰차에 올랐다. 최수환 경위가 요란스럽게 사이렌을 울리며 차를 출발시켰다.

– 서해안 고속도로로 가는 것이 빠르겠지?

– 따라잡을 수 있을까?

– 해봐야지. 그러기에 내가 바로 잡아들이자고 했잖아.

성미 급한 최수환 경위가 적색신호등을 무시하고 차를 몰아가며 소리쳤다.

열두시 십분.

인천공항 국제청사 대합실에 있던 박형기의 휴대전화가 울렸다. 휴대전화의 폴더를 연 박형기의 얼굴에 회심의 미소가 피어올랐다. 여자의 통장으로 오억 원이 입금되었다고 알려온 전화였다. 그러나 아직 안심하기에는 일렀다. 뉴욕행 항공기가 이륙하기까지는 아직도 한 시간 이십분이 남아 있었다. 조심을 하였지만, 어쩌면 경찰이 그의 출국 시도를 포착했을 수도 있는 일이었다.

오후 한시.

공중전화 부스 앞에서 대기하던 박형기는 정해현의 비밀 휴대전화로 전화를 걸었다. 정해현이 도청을 의식하여 그에게 특별히 가르쳐 준 전화번호였다. 전화기의 신호음이 떨어지자, 박형기가 미리 연습이라도 한 것처럼 송수화기에 입을 대고 천천히 또박또박 말했다.

– 김인환의 살해범은 홍익문화연구소의 소장 김준하입니다. 범행에 사용된 도구는 홍익문화연구소의 단군상 아래의 연못 속에 있습니다. 나머지 돈을 즉시 입금하시기 바랍니다. 그렇지 않으면 단군상 아래의 범행 도구는 최경호 보좌관의 집에서 발견될 것입니다.

오후 한시 십분.

개찰이 시작되고 있었다. 작은 여행용 가방 하나만을 든 박형기가 따로 화물을 부치는 절차를 취할 필요는 없었다. 미리 출국수속을 밟아 놓은 박형기의 모습이 개찰구를 통하여 사라졌다.

오후 한시 이십분.

뉴욕행 항공기의 트랩을 오르는 박형기의 휴대전화가 다시 울렸다. 오억 원이 추가로 입금되었다는 여자의 목소리가 기쁨에 떨리고 있었다. 트랩을 올라 지정좌석에 앉은 박형기는 그때서야 모든 긴장을 풀고 등받이에 편안하게 기대고서 눈을 감았다. 이제 십분만 있으면 그는 어두웠던 모든 과거를 뒤로 한 채 신세계로 날아갈 것이다. 그러면 모든 것은 끝나는 것이다. 그는 신세계에서 새로운 삶을 살아갈 것이다. 이륙준비를 하는 기체의 진동음이 눈을 감은 박형기의 귓속으로 상쾌하게 파고들고 있었다.

오후 한시 이십칠 분.

박형기의 감은 눈에 그림자 같은 희미한 물체가 비쳐졌다. 인기척을 느낀 박형기가 눈을 떴다.

– 박형기 씨, 당신을 김인환의 살인혐의로 긴급체포합니다. 당신은 묵비권을 행사할 수 있고, 진술을 거부할 수 있으며, 변호인을 선임할 수 있습니다.

박경일 경위와 최수환 경위가 박형기를 체포하여 나왔을 때 공항대합실에 설치된 TV에서 국회의원 정해현의 긴급기자회견이 열리고 있었다.

– 오늘 아침, 저는 고 김인환 후보의 피살 사건과 관련한 중요한 제보를 받았습니다. 그 제보의 내용은 고 김인환 후보의 살해범이 현재 학교법인 홍익재단 부설 홍익문화연구소 소장 김준하라는 사실과 범행에 사용된 도구가 홍익문화연구소의 단군상 아래 연못에 은닉되어 있다는 것이었습니다. 이러한 제보를 받은 즉시 저는 이 사실을 경찰에 알렸고, 그리고 이 기자회견이 있기 방금 전, 경찰은 제보자가 말한 홍익문화연구소의 단군상 아래 연못에서 범행에 사용된 칼 등 범행도구를 찾아냄과 동시에 살인범 김준하를 긴급체포하였다는 연락을 받았습니다. 이와 관련하여 저는 B시 갑구에 출마한 야당 후보에게 감히 경고합니다. 지금 이 순간부터 김인환 후보의 피살에 저와 저의 보좌관 최경호가 연루되어 있다는 유언비어를 즉시 중단하여 주십시오. B시 갑구의 유권자 여러분께 삼가 부탁을 드립니다. 부디 이제부터는 이와 같은 야당 후보의 유언비어에 현혹되지 마시고 B시 갑구의 발전을 위한 봉사자로서 누가 가장 적임자인지 현명한 선택을 하여 주십시오. 이상입니다.

빛과 그늘

기영朴基永은 보고 있던 신문을 덮고 창가로 다가가 물끄러미 밖을 내다보았다. 신문에는 김인환의 살해범으로 체포된 김준하의 기사로 가득 넘쳐나고 있었다. '30년만의 복수'라고 대문짝만하게 제목을 붙인 석간에는 김준하의 성장과정과 김인환을 살해하기까지의 과거 행적이 상세하게 보도돼 있었다.

기영은 그러한 악취들을 날려버리려는 듯 창문을 열었다. 열린 창문으로 소금기 배인 유월의 후덥지근한 바람이 들어왔다. 기영은 크게 심호흡을 하였다. 그러나 가슴은 오히려 더 답답해져 왔다.

준하가 정말 살인을 했을까. 준하가 정말 잃어버린 과거의 시간에 대한 보복으로 살인이라는 극단적인 방법을 택했을까. 아니야. 아닐 것이야.

기영은 고개를 흔들었다.

창문 밖으로 멀리 내다보이는 B항의 부두에 설치된 거대한 골리앗 크레인의 웅장한 형체가 붉은 노을 속에 잠겨들고 있었다. 거대한 로봇 같은 크레인의 팔에 감긴 가느다란 로프에 컨테이너 박스 하나가 짙어져 가는 노을 속에서 위태롭게 매달려 있었다. 준하의 운명이 가느다란 로프에 매달려 있는 컨테이너 박스처럼 위태롭게 느껴졌다.

– 변호사님, 검찰청의 김용훈 검사님의 전화입니다.

전화벨 소리가 기영의 상념을 일깨웠다.

– 응, 나야.

– 퇴근 후에 시간 있어? 오랜만에 저녁이나 같이 하지.

– 그렇지 않아도 전화를 하려고 했어. 지금 곧 퇴근해야 할 것 같은데, 바람도 쐴 겸 바로 거기로 나와.

– 알았어. 한 시간 후에 봐.

– 다들 정리하고 퇴근하세요. 먼저 나갑니다.

기영은 사무실을 나와 택시를 타고 김용훈 검사와 약속한 해변공원의 바닷가에 있는 횟집으로 갔다. 용훈은 아직 나와 있지 않았다.

기영은 미리 예약한 이층의 작은 방에 앉아 창밖으로 펼쳐진 바다를 바라보았다. 바다는 이미 어두워져 가고 있었다. 해안도로와 연결된 보안등이 켜진 횟집 앞 방파제에서 파도가 물보라를 일으키고 있었다. 바다와 하늘이 맞닿은 먼 수평선에는 별빛인지, 불빛인지 구별이 되지 않는 작은 빛이 꿈결처럼 가물거리고 있었다.

– 오래 기다렸어?

기영이 혼자서 소주를 몇 잔 기웃거리고 있는데 두꺼운 안경을 낀, 키 작은 용훈이 들어서며 말했다.

– 아니, 피곤해 보이구나.

– 그래. 피곤해. 우선 한잔 하자.

용훈이 안경을 벗고는 눈가를 문지르면서 말했다. 기영이 소주병을 잡았다. 용훈은 소주잔 대신 물컵을 쥐었다.

– 목이 칼칼해. 한잔 줘 봐.

– 빈속인데 괜찮겠어?

기영이 잔을 채워 주며 물었다.

– 괜찮아. 우유를 한잔 마셨어.

용훈은 반잔이나 넘게 따른 물컵의 술을 단숨에 들이켰다.

– 도저히 이해할 수 없어. 아무리 그렇더라도 살인을 했다는 것이 믿어지지 않아.

용훈이 컵을 놓으면서 말했다.

– 준하가 정말 살인을 했다는 거야?

기영이 긴장된 목소리로 물었다.

– 나도 믿고 싶지 않았어. 그러나 불행하게도 사실이야.

– 준하가 자백을 했어?

– 아니, 준하는 한 마디도 하지 않아. 자백도, 부인도 하지 않은 채, 묵비권을 행사하고 있어. 정말 사람을 미치게 만들어. 아무리 설득하고 부탁해도 꼼짝도 하지 않아. 준하가 무슨 말이라도 한다면, 그가 하는 말에 대한 보강수사라도 해볼 텐데, 도대체 한 마디도 하지 않아.

용훈은 잠시 말을 끊고, 이제는 스스로 술을 따라 그 큰 잔을 기울였다. 눈가가 불그스레 달아오르고 있었다.

– 그런데 박형기의 진술이 너무도 구체적이야. 현장검증에서의 박형기의 행동도 그래. 당시의 상황을 실제로 목격하지 않은 사람이 그렇게 구체적으로 범행 당시의 상황을 재현할 수는 없어. 며칠 후 기소할 거야. 기소한 후 나는 이 사건에서 손을 뗄 거야.

– 무슨 소리를 하는 거야?

– 무슨 소리라니? 그럼 내 손으로 내 친구를, 내가 사랑하는 친구를 살인범으로 만들라는 거야? 내가 공정한 수사를 할 수 있을 것 같아?

– 그런 약한 소리를 하지 마. 내가 준하를 잘 알고 있듯이, 너 또한 잘 알고 있잖아. 너는 결코 인정이나 감정에 매여 수사를 그르칠 그런 사람이 아니야. 그리고 준하도 그것을 원하지 않을 거야. 기왕에 처벌을 받을 일이면 친구가 해주기를 바랄 거야. 우리가 준하에게 해준 게 무엇이 있니? 준하의 불행에 대해 우리가 해준 게 무엇 하나라도 있었니? 우리는 방관자였어. 준하가 억울하게 누명을 썼다는 사실을 알면서도 우리는 그냥 못 본 체 외면하지 않았니?

기영도 술기운에 음성이 격해지고 있었다. 잠시 말을 끊은 기영이 갈증이 나는 듯 다시 술잔을 들었다. 목을 축인 기영이 말했다.

– 이제는 우리가 진심으로 준하를 도와야 해. 준하를 도우는 방법은 네가 사적인 감정뿐만 아니라 그 어떤 유혹도 거부하고 올바른 법집행을 하는 것이야. 과거에 준하가 당한 조작된 법의 집행이 아닌 법률가로서의 양심과 진실로써 법집행을 하는 거야. 네가 올바른 검사라면

피의자의 유죄를 입증하기 위하여 최선을 다하면 되는 거야. 나는 내일 준하를 변호하기 위하여 선임계를 제출하겠어. 내가 할 수 있는 일은 변호사로서 준하의 무죄를 입증하기 위하여 최선을 다하는 것이야. 설사 유죄라도 그의 구명을 위해 최선을 다하겠어. 준하는 우리가 인정이나 감정에 얽매여 우리의 책임과 의무를 게을리 하는 것을 결코 원하지 않을 거야.

– 야, 이 자식아. 너는 준하를 위한 변호사잖아. 그러나 나는 그를 처벌해야 하는 검사야. 너는 준하에게 떳떳하겠지? 그를 위해 변호를 하는 역할이니 말이야. 그러나 나는, 친구를, 우리가 가장 사랑하는 친구를 처벌해야 하는 검사야. 악역이라고. 내 심정 이해할 수 있겠어?

– 왜 모르겠니? 그렇기 때문에 더욱 네가 필요해. 준하의 혐의는 보복 살인이야. 그것도 국회의원 당선자를 사적인 보복심으로 살해한 죄질이 극히 나쁜 유형에 속해. 어쩌면 사형에 처해질 수도 있어. 만약에 말이야, 믿고 싶지 않지만, 만약에 말이야. 준하가 정말로 사적인 보복심으로 살인을 하였다면 우리 손으로 그를 보내자. 그가 가기 전에 그가 사랑했던 친구인 우리들이 얼마나 올바른 법집행을 위하여 노력하는지를 보여주자. 그래야 조작된 법에 의하여 희생된 준하의 꿈이, 준하의 영혼이 그나마 위안을 받을 수 있지 않겠니?

– 야, 내가 검사가 맞아?

술에 취한 김용훈 검사가 고통스러운 표정으로 자문하듯 말했다. 그런 용훈의 목소리에는 울음이 배여 있었다.

– 물론, 너는 어느 누구보다도 제대로 된 검사야. 어떤 유혹이나 사

적인 감정에 얽매여 양심을 팽개칠 그런 위인이 아니야. 나는 너를 잘 알고 있어. 네가 얼마나 양심에 투철한지를. 친구를 기소해야 하는 너의 인간적인 고통을 충분히 이해해. 하지만 속단하지 마. 네가 기소를 한다고 하여 준하가 처벌받게 된다는 확신은 없어. 변호사로서 나는 준하의 무죄를 입증할 거야. 검사로서 너는 유죄를 입증해. 친구를 위하여 우리의 역할에 최선을 다하자. 그것만이 우리가 친구를 위해 해 줄 수 있는 최선의 우정이야. 이 시간부터 너와 나는 친구이지만 적이야. 적어도 준하의 사건에서는 말이야. 내일부터 준하의 공판이 끝나는 날까지는 만나지 말자. 전화조차 하지 말자. 단지 법정에서 만나자. 어쩌면 준하는 우리 두 사람이 법률가로서 최선을 다하는 모습을 보고 싶어 할 거야.

– 야, 내가 너에게 질 것 같아? 자식아! 김용훈이는 너 같은 놈에게는 지지 않아. 단지 김준하란 자식에게 몇 번 졌을 뿐이야. 그러나 이번에는 김준하란 자식에게도 이길 거야. 그 자식이 저지른 죄를 반드시 밝혀 낼 거야. 아무리 분하더라도, 아무리 억울하더라도 사적인 보복을 하면 안 된다는 것을 보여 줄 거야. 그 나쁜 자식에게 말이야!

이미 감정이 격해져 버린 용훈의 목소리가 종내에는 울먹이는 소리로 변했다. 용훈의 두꺼운 안경 너머에서 굵은 눈물이 흘러내리고 있었다. 말은 그렇게 하고 있었지만 검사이기 때문에, 어쩌면 사형을 구형할 수밖에 없는 살인죄로 그가 사랑하는 친구를 기소할 수밖에 없는 그의 심정은 그렇게 고통스러울 수밖에 없을 것이었다.

– 야, 자식아. 그러면 내가 너에게 질 것 같아? 김준하란 자식과 김

용훈이라는 자식에게 지금까지는 졌지만, 이제는 아니야. 자식아. 언제까지 박기영이 너 같은 자식에게 질 줄 알았어? 이번에는 결코 지지 않을 거야. 아니, 질 수가 없어. 네가 말하는 그 나쁜 자식을 위해서라도 결코 질 수가 없어.

기영의 눈에도 눈물이 흘렀다.

– 이게 무슨 청상이냐. 그만 일어나자.

이내 평정심을 되찾은 용훈이 두꺼운 안경을 벗고 눈물을 닦으면서 말했다.

이미 밤이 깊어 있었다. 해안을 따라 줄지어 서있는 횟집에는 간판불이 꺼진 곳도 꽤 있었다. 횟집을 나온 두 사람은 누가 먼저랄 것도 없이 해변의 방파제로 천천히 걸어갔다. 밤바람에 밀려온 파도가 방파제에 부딪히고 있었다. 멀리 밤바다에는 환하게 불을 밝힌 배들이 떠가고 있었다.

준하가 과연 살인을 했을까. 그랬을는지도 모른다.

'다 용서가 되는데 한 사람이 용서가 안 돼. 그게 힘들어.'

기영은 오랜 옛날 준하가 감옥에서 했던 말을 떠올리고 있었다. 그렇다면, 그 단 한 사람 용서할 수 없는 인물이 김인환이라면? 피살당한 김인환은 그 당시 준하를 담당했던 검사가 아닌가. 기영은 술기운에 정신이 몽롱했지만 등골에 찬 기운이 돌았다. 용서하지 못했다면, 그랬다면, 준하의 운명은…. 기영은 머리를 절레절레 흔들었다.

아침부터 흐려 있던 하늘에서 빗방울이 떨어지기 시작했다. 벌써부터 유월의 지루한 장마가 시작되려는 모양이었다. 기영은 사무실로 출근하지 않고 곧바로 중부경찰서로 차를 몰았다. 기영이 차를 몰아 재선거가 진행되고 있는 B시 갑구 관할로 들어서자 비를 맞으면서도 선거 유세를 하고 있는 선거종사원들이 구호를 외치고 있는 모습이 보였다.

재선거일은 이미 삼일 앞으로 다가와 있었다. 출근하는 사람들로 붐비는 교차로에서 지지를 호소하고 있는 정해현의 모습이 보였다.

기영은 잠시 차를 세워 목에 핏대를 세워 떠들고 있는 정해현을 지켜보았다.

– 강력한 여당이 되도록 도와주십시오. 강력한 여당후보인 이 정해현만이 B시 갑구의 발전을 가져올 수 있습니다.

정해현의 목은 쉬어 있었다. '기호 1번 정해현' 이라는 어깨띠를 두르고 흩뿌리는 빗속에서 우산도 쓰지 않은 채 핸드마이크를 들고 외치고 있는 정해현은 마치 시위를 선동하고 있는 데모대의 리더처럼 보였다.

– 기호 1번 정해현

정해현의 유세 중간 중간에 일렬로 도열한 선거운동원들이 정해현의 이름을 연호하며 박수를 치고 있었다. 그러나 그들에게 관심을 가지는 시민들은 거의 없는 것 같았다. 시민들은 그들의 구호가 아주 먼 나라의 일인 것처럼 종종걸음으로 출근길을 재촉하고 있을 뿐이었다. 시민들에게 나누어 준 정해현의 사진이 박힌 명함이 보도 위에 어지럽게 널려져 흩어져 있었다.

정해현이 유세를 하고 있는 맞은 편 도로에는 야당 후보 역시 정해현에 질세라 고함을 지르고 있었다.

– 존경하는 B시 갑구 유권자 여러분! 여당의 독주를 막을 사람은 오직 한 사람입니다. 저에게 여러분의 힘을 나누어 주십시오.

기영은 자동차의 경적소리와 고함소리, 박수소리로 뒤엉긴 교차로를 겨우 빠져나와 중부경찰서로 통하는 4차선 도로로 접어들었다. 이따금씩 흩뿌리던 빗방울이 이제는 굵어지고 있었다. 기영은 자동차의 윈도 브러시를 작동시키고는 휴대전화로 사무실로 전화를 걸었다.

– 사무장님, 지금 즉시 김준하의 구속영장 사본을 복사해 주십시오. 저는 곧바로 중부경찰서로 가서 김준하를 접견하고 사무실로 가도록 하겠습니다.

– 김준하라면? 이번에 보도된 그 김인환 살인 사건 관련 말입니까?

– 예, 바로 그 김준하입니다.

기영은 중부경찰서의 지하 유치장으로 들어섰다. 유치장으로 가는 복도는 어두웠다. 장마가 시작되는 유월의 후덥지근한 습기로 유치장은 음침하고 눅눅했다. 기영은 접견실에서 준하가 들어오기를 기다렸다. 너무도 오랫동안 만나지 못했다. 그는 어떤 모습을 하고 있을까.

– 괜한 고생을 하고 있구나.

준하가 접견실로 들어오면서 담담하게 말했다. 준하의 표정은 의외로 태연했다. 전혀 위축되지 않고 있었다. 예전의 모습 그대로였다.

– 도대체 어떻게 된 거야?

– 어떻게 되긴. 용훈이가 말하지 않던? 사건과 관련하여 아무 말도

하지 않을 것이야. 그것은 네게도 마찬가지야.

– 네가 말을 해야 내가 도울 것 아냐? 네가 아무 말도 하지 않는다면 내가 도우고 싶어도 어떻게 도우겠니?

– 내가 말하지 않더라도 저절로 알게 될 때가 있을 거야. 하지만 그 시기는 내가 정해.

– 공연한 자존심 내세우지 말고 사실을 말해 줘. 이건 단순한 친구 간의 자존심의 문제가 아니야. 어쩌면 너의 생명이 걸린 문제라고. 사형이 구형될 수도 있어.

– 괜한 마음을 쓰고 있구나. 어느 누구도 나를 심판하지 못해. 예전에는 그들이 나를 심판했지만, 이제는 아니야. 이제부터는 내가 그들을 심판할 테니까. 지금부터 법정이라는 무대 위에서 신명나는 한판 굿을 벌일 거야. 굳이 나를 돕고 싶다면, 너와 용훈이는 꽹과리와 징을 들고 장단을 맞춰줘. 내가 무당이 되어 멋들어진 한판 춤을 출 테니까, 너희들은 '얼씨구 좋다' 하고 장단만 맞춰 주면 돼. 그 굿이 누구의 진혼제가 될지는 두고 보면 알게 될 거야. 그리고 내 생명은 내가 알아서 해. 어느 누구도 나의 생명을 가지고 장난을 칠 수 없어.

– 장난이라고 했니? 지금 내가 장난을 치고 있는 것으로 보이니? 그러지마. 친구로서 너를 도울 수 있게 해줘.

– 너무 마음을 쓰지 않아도 된다고 해도 자꾸 그러니? 찾아와 줘서 고맙다.

준하가 일어섰다. 접견실을 나가는 준하의 뒷모습을 보고 기영이 말했다.

– 네가 나의 도움을 필요로 하든, 하지 않든 나는 너를 도울 거야. 오늘 곧바로 구속적부심 신청을 하겠어. 물론 구속적부심이 받아들여질 가능성은 희박해. 그러나 지금 내가 너를 위해서 할 수 있는 것은 이것밖에 없어.

– 그 마음 고맙다. 그렇게 하는 것이 편하다면 그렇게 해. 그럼 지금부터 춤을 출 준비를 해야겠구나. 춤추는 무당도 없는데, 네 혼자서 장단만 치고 있으면 재미가 없을 테니 말이야.

준하가 나간 후에도 기영은 한참 동안이나 접견실에 그대로 앉아 있었다. 도대체 준하는 무슨 생각을 하고 있을까? 굿판을 벌이겠다니, 무당이 되어 춤을 추겠다니, 장단을 맞춰 달라니, 누구를 위한 진혼제라니…. 친구에게 초라한 모습을 보인 자격지심 때문일까. 내 생명은 내가 알아서 한다고? 혹시 준하가 딴 생각을 하고 있는 것은 아닐까. 자살? 자존심 강한 준하의 성격상 충분히 있을 수도 있는 일이라는 생각이 들었다. 갑작스런 불안이 기영의 가슴을 서늘하게 했다. 어쩌면 준하는 자살을 생각하고 있을지도 모른다. 그는 자신의 진혼제를 준비하고 있는지 모른다. 친구로부터 사형을 구형받느니보다는 차라리 그는 자살을 택할지도 모른다. 법원으로부터 사형을 언도받느니보다는 차라리 스스로 생명을 끊어 버릴지도 모른다. 행여 그가 굿판을 벌이고 한바탕 신명나는 춤을 추겠다는 것은 그의 죽음을 예견하는 비유적인 표현이 아닐까. 자살이든, 사형이든 그의 죽음을 막아야 한다. 어떠한 수단을 동원해서라도 준하의 죽음만은 막아야 한다. 지금 이 순간, 가장 절실한 것은 준하가 극단적인 방법을 선택하는 것을 막아야 하는 것이다.

기영은 유치장 담당경찰관에게 특히 김준하가 자해를 할지도 모르니 유심히 살펴달라는 부탁을 하고 경찰서를 나왔다.

비는 이젠 폭우로 변해 있었다. 우산이 없었다. 차를 주차시켜 둔 주차장까지 가는 동안 흠뻑 젖고 말 것 같았다. 그러나 기영은 빗속으로 걸어갔다. 순식간에 기영의 몸이 후줄근히 젖고 말았다.

기영이 사무실로 돌아오자 검찰청에서 복사해온 용훈이 신청한 구속영장 사본이 책상 위에 놓여 있었다. 영장실질심사를 거치지도 않은 영장의 내용은 간단했다.

구 속 영 장

[체포된 피의자용]

B지방법원

<table>
<tr><td>영장번호</td><td colspan="2">XXXX – 478</td><td colspan="2">죄 명</td><td>살 인</td></tr>
<tr><td rowspan="3">피 고 인</td><td>성 명</td><td>김준하</td><td colspan="2">직 업</td><td>회사원</td></tr>
<tr><td>주민등록번호</td><td colspan="4">XXXXXX– 1XXXXXX</td></tr>
<tr><td>주 거</td><td colspan="4">B시 XX구 XX동 산 57–1</td></tr>
<tr><td>청구한 검사</td><td colspan="2">김 용 훈</td><td>변 호 인</td><td colspan="2"></td></tr>
<tr><td>체포된 형식</td><td colspan="2">체포된 피의자
(긴급체포)</td><td>체포 일시</td><td colspan="2">XXXX. X. XX.</td></tr>
<tr><td>청구서접수일시</td><td colspan="2">XXXX. X. XX. 2:20</td><td>기록반환일시</td><td colspan="2"></td></tr>
<tr><td>심문신청여부</td><td colspan="2">피의자 거부</td><td>심문여부</td><td colspan="2">□심문( )
☑심문하지 아니함.</td></tr>
<tr><td>범죄사실의 요지</td><td colspan="2">별지 기재와 같다.</td><td>유효 기간</td><td colspan="2">XXXX. X. XX.</td></tr>
<tr><td>구금할 장소</td><td colspan="2">중부경찰서 유치장</td><td></td><td colspan="2"></td></tr>
</table>

<table>
<tr><td>□ 피의자는 일정한 주거가 없다.
□ 피의자는 증거를 인멸할 염려가 있다.
[V]
□ 피의자는 도망할 염려가 있다.
[V]
□ 피의자는 소년으로서 구속하여야 할 부득이한 사유가 있다.</td><td>피의자가 별지 기재와 같은 죄를 범하였다고 의심할만한 상당한 이유가 있고, 구속의 사유가 있으므로, 피의자를 구금한다.
유효기간이 경과하면 집행에 착수하지 못하며 영장을 반환하여야 한다.
XXXX. X. XX.

판사 홍 정 문</td></tr>
</table>

집행일시	XXXX. X. XX.	집행장소	B시 중부경찰서 유치장
구금일시	XXXX. X. XX.	구금장소	B시 중부경찰서 유치장
집행불능사유			
처리자의 소속 관서, 관직	중부경찰서 수사과	처리자 기명, 날인	경사 이호일

범 죄 사 실

피의자는 19××. ×. ××. 특수상해죄로 소년원 송치, 19××. ×. ××. 국가보안법 및 집회및시위에관한법률위반으로 3년의 실형을 받은 전과가 있다. 피의자는 위 사건을 담당했던 당시의 수사검사인 김인환을 보복 살해하기로 마음을 정하고, ××××. ×. ××. 12:00경 B시 ××구 ××동 378 소재 호텔 크라운 804호실에 호텔의 지배인을 가장하여 침입한 후 그곳에 있던 김인환의 머리를 샴페인 병으로 가격하여 실신시킨 후, 미리 준비한 등산용 칼로 위 김인환의 목을 찔러 살해한 것이다.

기영은 곧바로 준하의 구속적부심사청구서를 작성하기 시작했다. 공범인 박형기가 범죄 사실을 시인하고 있고, 주범인 준하가 묵비권을 행사하고 있는 상황에서 구속적부심이 인용될 가능성은 거의 없었다. 그러나 무슨 일이든 해야만 했다. 준하를 위해 할 수 있는 일이라면 무엇이든 해야만 했다.

구속적부심사청구서

피의자 김준하
B시 ○○구 ○○동 532
구속장소 중부경찰서 유치장
생년월일 19××. ×. ××.
성별, 남
구속영장발부일자 ××××. ×. ×.
피의자의 변호인 변호사 박기영

청 구 취 지

피의자의 석방을 명한다, 라는 결정을 구합니다.

청 구 원 인

1. 피의자는 ××××. ×. ×. 구속되어 현재 B시 중부경찰서 유치장에 수감 중에 있고, 피의자의 범죄 사실은 구속영장 기재의 사실과 같습니다.

2. 피의자는 현재 홍익문화연구소의 소장으로 재직하고 있으므로 주거가 확실하고, 직업이 안정되어 있으며, 범행에 사용된 도구 등이 이미 발견되어 증거관계가 명확하여 증거를 인멸할 우려가 없습니다.

3. 한편 이 사건과 관련된 보도 내용과 같이 이 사건 피해자의 몸에서는 사건외 최경호의 머리카락이 발견된 사실이 있고, 위 최경호가 긴급체포되었다가 석방된 사실이 있습니다. 따라서 이 사건 증거관계에서 공범인 박형기의 진술은 신빙성이 없고, 결국 이 사건에서의 범인은 피의자가 아니라 위 최경호 등 다른 누군가가 아닌가 하는 강한 의심을 가지게 합니다.

4. 그렇다면 이 사건에서 피의자는 무죄의 가능성이 높고, 그런데도 불구하고 피의자의 구속 상태가 그대로 지속된다면 이는 피의자의 인권을 부당히 침해하는 결과가 될 뿐만 아니라, 피의자가 자신을 방어할 수 있는 기회를 박탈당하는 결과가 되어 형사소송법이 정하는 무죄추정의 원칙에도 반하는 것이라 할 것입니다.

5. 그러므로 피의자에 대한 부당한 인권침해를 미연에 방지하고, 나아가 피의자가 불구속상태에서 자신의 방어권을 행사할 수 있도록 피의자의 석방을 명하여 주시기 바랍니다.

첨 부 서 류

1. 주민등록표 등본(피의자) 1통
1. 호적등본(피의자) 1통
1. 보도문(최경호 관련) 사본 1통

××××. ×. ××.
피의자의 변호인
변호사 박기영

B지방법원 귀중

다음 날 준하의 구속적부심이 있었다.

구속적부심 법정에 출석한 준하가 말했다.

– 미리 말씀드리지만, 지금은 사건과 관련한 변호인이나 어느 누구의 신문에도 응하지 않겠습니다.

적부심은 기각되었다.

이틀 후, 김용훈 검사의 준하에 대한 공소[6]가 제기되었다.

6) 공소장(公訴狀): 수사결과 범죄의 객관적 혐의가 충분하고 소송조건을 구비하여 유죄판결을 받을 수 있다고 인정할 때에는 검사는 공소를 제기한다.[형사소송법 제246조; 일반적으로 기소(起訴) 또는 소추(訴追)라고 말하는 소송행위이다.] 공소장이란 이와 같은 검사의 피고사건에 대한 공소제기의 의사표시를 기재한 문서를 말한다. 공소를 제기함에는 반드시 공소장을 관할법원에 제출하여야 한다(형사소송법 제254조 제1항). 공소장에 기재된 내용에 의하여 법원의 심판의 범위가 특정되고 또 피고인도 방어활동을 집중할 수 있게 된다. 공소장에는 피고인의 성명 기타 피고인을 특정할 수 있는 사항, 죄명, 공소사실, 적용법조를 반드시 기재하여야 하고, 공소사실의 기재는 범죄의 일시, 장소와 방법을 명시하여 사실을 특정할 수 있도록 하여야 한다(형사소송법 제254조 제4항).

B 지 방 검 찰 청

000-000 B시 00구 00동 00 전화 000-000-0000/전송 000-000-0000

XXXX 형제 5214호 XXXX. X. X.

수 신 자 B지방법원 발 신 자 B지방검찰청

제 목 공소장 검 사 김용훈

아래와 같이 공소를 제기합니다.

1. 피 고 인	성 명	김 준 하
	주민등록번호	XXXXXX - 1XXXXXX (XX세)
	직 업	회사원(홍익문화연구소 소장)
	주 거	B시 00구 00동 532
	본 적	경남 산청군 XX면 XX리 321
2. 피 고 인	성 명	박 형 기
	주민등록번호	XXXXXX - 1XXXXXX (XX세)
	직 업	회사원(홍익문화연구소 사무처장)
	주 거	B시 00구 00동 451
	본 적	B시 00구 00동 산34-1
죄 명	1. 피고인 살인 2. 피고인 살인방조	
공 소 사 실	별지 공소 사실과 같음	
적 용 법 조	1. 피고인 형법 제250조 제1항 2. 피고인 형법 제250조 제1항 및 동법 제32조	
신 병	각 구속	
변 호 인	1. 피고인 변호사 박기영 2. 피고인 변호사 강성모	

붙임 1. 변호인 선임서 2통

범 죄 사 실

1. 피고인은,

19××. ×. ××. 특수상해죄로 소년원 송치, 19××. ×. ××. 국가보안법 및 집회및시위에 관한법률위반으로 3년의 실형을 받은 전과가 있다. 피고인은 당시 위 사건을 담당했던 수사검사인 김인환을 보복 살해하기로 마음을 정하고, 2. 피고인과 함께 ××××. ×. ××. 12:00경 B시 ××구 ××동 378 소재 호텔 크라운 804호실에 지배인을 가장하여 침입한 후 그곳에 있던 김인환의 머리를 샴페인 병으로 가격하여 실신시킨 후, 미리 준비한 등산용 칼로 위 김인환의 목을 찔러 살해하고,

2. 피고인은,

위와 같은 1.피고인의 행위를 방조한 것이다.

공소가 제기된 날, 재선거가 있었다. 정해현이 당선되었다.

기영이 밤늦게 집에 돌아와 TV를 켜니 마침 정해현의 기자회견이 진행되고 있었다.

– 선거기간 중 가장 어려웠던 점은 어떤 것이었습니까?

– 물론 저의 보좌관이 살인 혐의로 긴급체포 되었을 때였다고 해야겠지요.

– 앞으로의 의정활동에 대하여 한 말씀 해주시겠습니까?

– 저희 B시 갑구 유권자들은 오늘 위대한 선택을 하였습니다. 오늘은 우리 갑구 유권자들의 승리의 날입니다. 저는 이번 선거에서 제가

공약한 사항들을 실천하기 위하여 최선을 다할 것입니다.

– 마지막으로 오늘 김인환 당선자의 살해 혐의로 검거된 김준하의 공소가 제기되었습니다. 이에 대하여 한 말씀 해주시겠습니까?

– 먼저 고인의 불행에 대하여 다시 한 번 깊은 애도를 표하는 바입니다. 범인은 마땅히 응분의 대가를 치러야겠지요. 그리고 앞으로는 이와 같은 불행한 사태가 다시는 일어나지 않기를 간절히 바라는 마음입니다.

– 이상으로 오늘 재선거에서 당선된 정해현 후보와의 인터뷰를 마치겠습니다. B시 갑구 개표장에서 KNB 뉴스 정시영입니다.

TV속에는 빛과 그늘이 공존하고 있었다. 국회의원 당선이라는 정해현의 황금빛 미래와 살인혐의로 기소된 준하의 절망적 운명이 절묘한 대조를 이루고 있었다.

그러나 그 운명의 시계 바늘은 멈추지 않고 있었다.

제1부 끝, 2부에서 계속